ことのは文庫

水面の花火と君の嘘

水瀬さら

MICRO MAGAZINE

目次
CONTENTS

水面の花火と君の嘘

時が止まった日

オレンジ色の車両から一歩足を踏み出すと、目の前に緑の風景が広がった。

それと同時にむわっとした暑さが、冷房で冷えた体にまとわりつく。

「……暑っ」

思わず足を止め、顔を上げる。

どこまでも広がる、真っ青な空。容赦なく降り注ぐ、真夏の日差し。ひと気のないホームに響く、蝉(せみ)の声。

「……変わんないな」

その場に立ち止まったまま、早瀬瑞希(はやせみずき)はぼそっと口にした。

四方を山に囲まれたこの町の特徴は、広い田畑と大きな川と、あとは……特に思いつかない。

よく言えば自然が多くてのどか、悪く言えばただの田舎。発展もしなければ、これ以上衰退もしない。

おそらくここは、瑞希が生まれた十九年前から、ほとんど変わっていないのだろう。

そしてこれからも変わることなく、時だけが過ぎていくのだ、きっと。

短いホームに発車の合図が響き、ドアの閉まる音が背中に聞こえた。二両編成の列車が、再びのんびりと動き出す。

にじんできた額の汗を、瑞希は手の甲で拭った。それから大きなスポーツバッグを肩にかけ直し、改札に向かって、ゆっくりと歩き出した。

小さな改札を抜け、駅舎を出る。

駅前には数軒の商店があるだけで、人も車もまばらだ。

やっぱりここもあいかわらずだと思っていると、車のクラクションと大きな声があたりに響いた。

「おーい、瑞希！　なにぼーっとしてんだよ！　こっちこっち！」

『ラーメン　もろずみ』と書いてある、軽バンの運転席から、日に焼けた短髪の男が顔を出している。瑞希と小中学校を一緒に通った、元野球部の両角修吾（もろずみしゅうご）だ。

免許を取ったことは知っていたけど、幼なじみが運転している姿を見るのは、今日が初めてだった。

瑞希は白い軽バンに近づき、ほんの少しの戸惑いに気づかれないよう、平然とした顔を作ってドアを開く。

「あいかわらずデカい声だな、修吾は」

「は？　久しぶりに会ったってのに、第一声がそれかよ？　しかも俺、お前のことわざわざ迎えにきてやったんだけど？」

「べつに頼んでないし。お前がどうしても迎えにきたいって言ったんだろ？」

瑞希は助手席に乗り込むと、ドアを閉めた。

「はぁ？　なんだよ、その言い方。お前、東京行って、変わった？　東京人って冷たいって言うもんな。あー、やだやだ。あんなにかわいかった瑞希くんが、都会色に染まっちまうなんて……」

「ほら。これ」

幼なじみの愚痴をさえぎるように、お菓子の箱を差し出す。途端に修吾の目が、子どものようにキラキラと輝いた。

「うおっ！　東京ばな奈じゃん！　くれんの？　俺に？」

「食いたいって言ってただろ」

「あー、言った言った！　お前が東京に引っ越す日に、電話でな！　覚えててくれたのか？　やっぱいいやつだな、瑞希は！」

「もういいから走れよ」

修吾が「はいはい」と笑って、慣れた手つきでハンドルを握る。そんなしぐさが、なんだか知らない人のように見えて、置いてきぼりにされた気分になる。

気まずさを隠すように窓の外を見ると、のんびりとした田園風景が、ゆっくりと動き出した。

四月から東京で、ひとり暮らしを始めて四か月。

大学に通って、バイトも見つけて、新しい友だちも少しはできたが、自分が「変わった」という感覚は、まったくない。

この町と同じように、きっと自分も、このままずっと変わらないのだろうと思う。

「瑞希が帰ってくるって忍に言ったら、あいつも会いたいってさ。お前いつまでこっちにいられるんだよ?」

忍――宇津木忍は、修吾と同じく、小学校からの同級生だ。ガキ大将的な修吾とは違い、忍は常に冷静で、ちょっと大人びた子どもだった。

そんな正反対なふたりだったが、なぜか気は合うようで、瑞希も合わせて男子三人、よく遊んだり悪さをしたりしていた。

そんな忍はいま、町役場に勤めている。

「たぶん……一週間くらいかな。お盆のあとはバイト入れてあるから、戻らなきゃなんないし」

「バイトかー。いいよな、大学生は。夏休み、超長いんだろ? 俺、お盆も店だし、休みなんかほぼほぼねぇよ。あ、この車、エアコン壊れてるから、暑かったら窓全開で頼む」

瑞希は半分開いていた窓を全開にする。蒸し暑い風が頬を叩く。

この古い車は、修吾の父親が使っていたものだ。懐かしい。

「修吾はちゃんと、ラーメン屋やってるんだ」

「まぁなー、父ちゃんまた入院しちゃってさぁ、母ちゃんにこき使われてるよ」

修吾の家は、昔ながらの小さなラーメン店だ。昼間は近所の子どもや学生のたまり場で、夜はおじさんおばさん連中の、居酒屋代わりとなっている。

高校卒業後、体調を崩しがちな父親の代わりに、修吾は店で働き始めた。いずれはあの店を、修吾が継ぐのだろう。

「うちの母ちゃんさ、客に自慢してるんだぜ？」

「なにを？」

「瑞希のこと」

「俺のこと？」

意味がわからず、思わず修吾の横顔を見る。修吾は運転しながら、にかっと白い歯を見せる。

「こんな田舎町から東京の大学行くなんて、瑞希くんはすごいって。自分の息子のことみたいに自慢してる」

「べつに全然すごくないよ」

ただこの息苦しい町にいたくなくて、逃げるように出ていっただけだ。

瑞希は窓の外を見た。このまままっすぐ進むと、やがて大きな川が見えてくる。

だけど修吾はハンドルを切り、右に曲がった。川沿いの道を避け、農道を通って帰るつもりらしい。

「ま、そんな感じで、母ちゃんも会いたがってるし。明日の夜、うちの店に来ないか？」

前を見たまま、修吾が言った。

「いいよ。どうせ暇だし」

「よし、じゃあ決定！　久しぶりにラーメン食わせてやるよ」

「ああ」

子どものころはよく、修吾の家に集まって、修吾の父が作ってくれたラーメンを食べていた。中学生になったころもそうだった。

だけどいつの間にか三人で集まることは少なくなり、中学卒業後は瑞希だけ、みんなが進んだ地元の高校ではなく、遠く離れた町の高校へ入学した。

それ以来、たまにメッセージを送り合うくらいの付き合いになって……一週間前に修吾から、夏休みは帰ってくるのかと連絡があり、帰ると答えたら、だったら迎えにいくと強引に約束させられたのだ。

そんなことを思い出しながら窓の外を眺めていると、このあたりでは唯一といってもいいような、高い建物が見えてきた。瑞希たちが通っていた中学校だ。

古い校舎が近づいてきて、錆(さ)びついた緑のフェンスが見えてくる。瑞希はさりげなく、視線をそらす。

「瑞希さ」

そんな瑞希の耳に、修吾の声が聞こえた。

「もう泳いでないのか？」

修吾も思い出したのだろう。あのフェンスの向こうに、学校のプールがあることを。

「泳いでないよ」

「でもお前、幽霊部員しかいない水泳部の中で、夏休みもたったひとりで練習してただろ？」

「あのころは……他にやることがなかったから」

そうだ。他にやることがなかっただけ。だから泳いでいた。毎日毎日、バカのひとつ覚えみたいに。

「俺、瑞希は泳ぐのが、好きなんだと思ってた」

修吾の声が、耳に響く。

好きか嫌いかと聞かれれば、好きだったのかもしれない。勉強や他のスポーツと比べれば、自信を持って好きと言い切れる。

だけどそれと同じくらい、瑞希にとって泳ぐことは、苦しいことでもあった。

緑のフェンスが近づいてくる。

そっと目を閉じた瑞希の頭に、懐かしい顔が浮かんできた。

◇

「みずきー！」

まぶしい夏の太陽。強い日差し。生ぬるい風。うるさいほどの蝉しぐれ。

それらをすべてさえぎる水の中に、その声だけが聞こえてくる。どんなに深く潜っても、瑞希をゴールに導くかのように、その声だけは響いてくるのだ。

バシャッと水しぶきを上げて、水底から顔を出す。晴れ上がった空の下、プールサイドにしゃがみ込み、白い歯を見せて笑っている、ショートヘアの女の子と目が合う。

瑞希の幼なじみで同級生の、楢崎夏帆（ならさきかほ）だ。

なぜだかすごくほっとして、でもそんな気持ちを悟られたくなくて、瑞希はゴーグルをずらしながら、わざとらしく眉をひそめた。

「お前、また来たのかよ。水泳部でもないくせに」

「いいじゃん。瑞希がひとりでかわいそうだと思って、応援してあげてるんでしょ」

「は？　俺はかわいそうでもないし、応援なんかいらないよ」

わざと大きな水しぶきを上げ、プールから上がる。夏帆のTシャツとショートパンツが濡れたが、「気持ちいいー」なんて言ってけらけら笑っている。

あいかわらず変なやつだと顔をしかめたら、目の前に水色のアイスキャンディーを差し出された。

「はいっ」

夏帆が手をまっすぐ伸ばし、にこにこ笑っている。

「なに？」

「さしいれ」

中学校のそばにある小さな商店で、いつも夏帆が買っているソーダ味のアイスだ。

「いらないの？」

引っ込めようとした夏帆のアイスに手を伸ばし、強引に奪った。

「いるよ」

「ありがとうは？」

「……めんどくさいな」

「じゃあ返して」

ぴんっと差し出された手のひらを、濡れた手でパチンッと叩く。

「ありがとよ」

「よし！」

手を引っ込めた夏帆が満足そうに笑う。

なにが「よし！」だよ。同い年のくせに、昔から夏帆は瑞希を、弟もしくはペットの犬扱いしてくるのが気に入らない。

そんな瑞希の前に、夏帆がもう片方の手のアイスを見せてきた。

「あたしの分もあるんだ。ふたりで食べようと思って」

黙ったままの瑞希に向かって、夏帆はもう一度、無邪気な顔で笑った。


プールサイドのフェンスに寄りかかり、並んで座った。

アイスはすでに溶けかけていて、ふたりで「やばい、やばい」と言いながら、あわてて口に入れる。

シャクッと歯でかじったら、水っぽいソーダの味が、口の中に広がった。

「瑞希って意外と真面目だよねー。夏休みも毎日練習してさ。他の部員、だーれも来てないのに」

夏帆がアイスをかじりながら、誰もいないプールを見まわして言う。

たしかにこの中学の弱小水泳部は、瑞希以外幽霊部員ばかり。学校のプールは、毎日貸し切り状態だ。名前だけの顧問は時々顔を出すだけだし、勝手にサボっても、誰に怒られるわけでもない。

だけど長い夏休み、瑞希は毎日ここに通い続けている。

「べつに……家にいてもやることないし」

「勉強は？　宿題終わったの？」

「その言葉、そっくりお前に返すわ」

「残念でしたー。あたしはもう終わったもんね」

「は？　いっつも最終日にあわててやるくせに」

「去年までのあたしとは違うのだ。瑞希クンもそろそろ大人になりなさい」

「なに言ってんだか」

最後のひと口を口に入れ、ぺろっとアイスの棒をなめる。

『あたり』の文字は書いてない。

「でもさー、瑞希、部活だけは真面目にやってるから、今度の大会は、優勝しちゃったりしてね？　千尋(ちひろ)くんと同じように」

夏帆の口から出たその名前に、瑞希はアイスの棒を持っている手をピタリと止めた。

「そういえば、千尋くんが中学生のときの大会、一緒に見にいったよね？　あのときの千尋くん、かっこよかったなぁ……こうやってぐいぐい水をかいてさ。誰よりも綺麗なフォームで、誰よりも速くゴールして……」

夏帆がクロールの動きを真似してから、うっとりとした顔つきをする。

「だからさ、瑞希だって……」

「俺は無理」

言葉をさえぎるようにそう言った。夏帆が口をとがらせる。

「なんでよ？　瑞希、毎日練習してるし、泳ぐの速いじゃん」

「優勝なんてできるわけないだろ。俺は兄貴とは違うんだ」

そう言って、夏帆の隣で立ち上がる。

「どこ行くの？」

「帰る」

誰かさんのおかげで集中力が切れた。本当はもう少しだけ、泳いでいこうと思っていたけど。

タオルを肩にかけ、夏帆を残してプールサイドを歩き始める。すると突然、大きな声が響いた。

「あっ！」

驚いて振り向くと、立ち上がった夏帆が嬉しそうに駆け寄ってくる。

「見て！　アイス当たった！　初めてだよ！」

もう中学生なのに……大人になれって、こっちが言いたい。

「これ、どうすればいいの？」

「店に持っていけば、もう一本くれるよ」

「やった！　行こう、瑞希！　いますぐ行こう！」

夏帆にガシッと腕をつかまれる。

「え、ちょっと……」

「帰るんでしょ？　付き合ってよ！」

誰もいないプールサイドを、夏帆に腕を引かれながら歩く。

青い空を映した水面が、ゆらゆらと揺らめいている。フェンスの向こうの校庭では、修吾のいる野球部が、砂埃を上げて練習している。

直射日光にさらされた頭と、つかまれた腕が、すごく熱い。

「やっぱり瑞希の応援に来てよかったなぁ、今日」

夏帆の笑い声に、蝉の鳴き声が重なる。

「じゃあ俺のおかげだな」

「あたしの運の強さでしょ」

振り返った夏帆の笑顔が、夏の日差しのようにまぶしい。

そのままふたり、並んで一緒に帰った。

のどかな風景。いつもの会話。当たり前の毎日。

本当はこの時間が、ずっと続けばいいって思っていた。

夏帆とふたりだけの時間が、ずっと続けばいいって……そう思っていた。

◇

「瑞希？」

修吾の声にはっと目を開ける。いつの間にかうとうとしていたみたいだ。

「着いたぞ？　お前んち」

「ああ……うん」

目をこすりながら外を見ると、四か月ぶりの我が家がそこにあった。

瑞希は小さくため息をつき、車のドアを開ける。修吾はハンドルにもたれるようにして、その姿を見守っている。

「じゃ」

「ああ」

勢いよくドアを閉め、肩のバッグをかけ直したとき、修吾が言った。

「なぁ、瑞希。俺……また昔みたいに、お前と遊びたいよ。忍と三人で、チャリで行く当てもなく走ったり、ラーメン食ったり、朝までバカみたいにしゃべったり……そういうの、またしたい」

顔を上げて修吾を見た。修吾は真面目くさった表情で瑞希を見ている。厚めの唇を、きゅっと引き締めて。

「……そうだな」

瑞希がつぶやいた。

「とりあえず明日、会おうよ。忍にも会いたいし」

すると修吾の顔が、ぱっと明るくなった。いつだってまっすぐで、わかりやすいところは、変わっていない。

「おう！　俺、忍に連絡しとく！」

「……ああ、よろしく」

修吾がにっと笑って、ハンドルを握る。そんな横顔に、瑞希は言った。

「今日はありがとな、修吾。迎えにきてくれて」

親指を立てて、もう一度笑った修吾の車が、瑞希の前から走り去る。

本当は瑞希だってわかっていた。

修吾が心配して迎えにきてくれたこと。わざと川沿いの道を避けたこと。また会いたいと、心から思ってくれていること。

瑞希は修吾の車を見送ると、覚悟を決めて、家の門に手をかけた。

瑞希の家は、庭付きの古い日本家屋だ。

昔は祖父母も一緒に暮らしていたが、瑞希が小学生のころに相次いで亡くなってしまってからは、瑞希と両親、それから兄の千尋と四人で暮らしていた。

ギイッと錆びた音を立て、門が開く。玄関に向かう飛び石の上を歩きながら、大きな柿の木のある庭に目を向ける。

そのとき、しゃがみ込んで草むしりをしている人の姿に気がついた。

「……母さん」

小さくつぶやいて、足を止める。麦わら帽子をかぶり、黙々と草をむしっているその背中は、瑞希がいることに気づいていない。

瑞希は黙ってその姿を見つめた。土で汚れた手が、草をむしり取る。一瞬の躊躇もなく、次から次へとむしり続ける。

よく見ると雑草だけでなく、自分で植えたであろう庭の花や葉もむしっている。

瑞希は汗ばんだ手のひらをぎゅっと握りしめ、今度ははっきりと聞こえるように呼びかけた。

「母さん！」

びくっと震えた背中が、手の動きを止めた。そしてゆっくり立ち上がると、静かに振り向き、その瞳が瑞希の姿をとらえた。

四か月ぶりに見る母は、また少しやせた気がした。食事を拒んで、父を困らせているのかもしれない。

そんな考えを頭から振り払い、瑞希はいつものように笑顔を作る。

「ただいま。母さん」

じっと瑞希を見ていた母の表情がほころんでくる。口元がゆるみ、目を細めて、「おかえり」と穏やかな声を出す。

それは小さいころからいつも瑞希に見せてくれた、母の笑顔だった。

瑞希の胸に、ほんの少しの希望が灯る。

もしかして母さんは俺のこと……

けれどその希望は、次のひと言であっさりと消え去った。

「待ってたよ、千尋」

母が瑞希に向かってそう言った。

「暑かったでしょう？　中、入りなさい。いま冷たいもの、用意してあげるから」

額に汗を浮かべた母が、にっこりと笑いかける。瑞希は肩から落ちそうになったバッグをかけ直し、笑顔のまま答える。

「うん」

もう一度微笑（ほほえ）んだ母が、サンダルを脱いで、縁側から家に上がった。

「お父さーん！　千尋が帰ってきたわよー」

大声で、そんなことを言いながら。

瑞希は立ちつくしていた。庭にシャワシャワと蝉の声が響き渡る。

母はやっぱり元に戻っていなかった。瑞希を千尋と思ったままだった。

「……だよな」

そんなことはわかっていたはずなのに。

やっぱりすごく、虚しい。

「瑞希」

縁側から声がして、瑞希は顔を上げた。父が静かに微笑んで、口を開く。

「おかえり。瑞希」

声を出したら涙があふれそうで、瑞希はただ父の前でうなずいた。

台所から、揚げ物の弾けるような音が聞こえてくる。おそらく今日の夕飯はエビフライだろう。

庭に面した客間の、仏壇の前で手を合わせながら、瑞希はそんなことを考えていた。

「悪いな。瑞希」

目を開くと、そばに座っていた父が少し眉を下げてそう言った。

「母さん、まだ具合がよくないんだ」

「わかってるよ」

正座していた足を崩し、父に顔を向ける。

「俺は大丈夫だから」

父は悲しそうに微笑むと、瑞希の肩をポンッと叩き、もう一度言った。

「悪いな」

べつに父さんが悪いわけじゃない。母さんだって悪くない。悪いのは……一体誰なんだろう。わからない。

「千尋ー、お父さーん！　ご飯できたわよー」

台所から、母の元気な声が聞こえてくる。

「……母さん、今日は張り切ってるな」

ぼそっと父がつぶやく。

「最近ずっと食欲がなかったのに。息子が帰ってきたのが嬉しいんだろう」

瑞希は複雑な気持ちになる。母が待っていたのは瑞希ではなく、千尋なのだから。

「先行ってるぞ」

腰を上げた父が言った。

「うん」

襖を開けて、父が出ていく。白髪の増えたその後ろ姿を見送ってから、瑞希はもう一度、仏壇に向き直る。

花が供えられた仏壇のそばには、祖父母それぞれの写真が飾られている。瑞希はそれをひとつずつ手に取ったあと、もう一枚の写真に目を移す。

それは真新しいスーツ姿の兄、千尋の写真だ。春の明るい日差しの中で、穏やかに微笑んでいる。

そういえばこの写真は、大学の入学式の日に撮ったものだと、前に父から聞いた。

「そっか……」

気づけば自分も、千尋と同じ年齢になっていたのだ。自分にとって千尋は、すごく大人に思えていたのに。

四歳年上の千尋は、しっかり者で、勉強ができて、水泳が得意で、両親はもちろん、学校の先生や近所の人からも期待されていた。

しかも性格も申し分なく、瑞希にも瑞希の友だちにも、常に優しく接してくれた。

だけど瑞希にとって千尋は、一番近くて一番遠い存在でもあった。同じ家に住み、いつだって近くにいたのに、どうしても届かない遠い存在。

写真から目をそらし、部屋の中を見まわす。棚の上や壁に飾られた、いくつものトロフィーや賞状。これらは全部、中学高校時代に水泳部で活躍していた千尋のものだ。

だけど瑞希のものはひとつもない。どんなに泳いでも泳いでも、瑞希は千尋の記録を抜かすことはおろか、近づくことさえできなかった。

それなのに——瑞希はあの夏を思い出す。

四年前。瑞希が中学三年生の夏。大学生になったばかりの千尋は、水の事故で亡くなってしまったのだ。

そのショックで心のバランスを崩した母は、いまだに千尋の死を受け入れられず、この仏壇の前に座ることはない。

そして、もうひとりの息子を千尋と思い込むことで、なんとか生きている状態だった。

「……なんでだよ」

静まり返った部屋の中に、瑞希の声がぽつりと響く。

「なんで死んじゃうんだよ」

膝の上で両手をぎゅっと握りしめる。

「母さんを泣かせて、父さんを悲しませて、それに……」

強く目を閉じる。昼間見た、緑のフェンスと青いプールが目に浮かぶ。

水底から顔を出した瑞希の目に映ったのは、夏帆の笑顔。その笑顔が悲しみに染まって、歪(ゆが)んでいく。

「千尋ー、なにしてるの？　早くいらっしゃい！」

母の声にはっと目を開く。台所から、揚げ物の匂いが漂ってくる。

「今日はあんたの好きな、エビフライ作ったのよ！」

瑞希は握った手をゆるめると、台所に向かって「いま行く！」と叫んだ。

◇

「いらっしゃいませー……あ、瑞希くんじゃない！」

暖簾（のれん）をかき分け、懐かしい店内に入ると、修吾の母親が明るい声で言った。

「久しぶりね！　背伸びた？　なんだか大きくなっちゃって……」

「こんばんは。お久しぶりです」

修吾の母に会うのは中学生以来かもしれない。高校生になってから、瑞希は一度もこの店を訪れていなかった。

「おっ、瑞希来たか！　そこ座っててちょっと待っててくれ」

修吾がラーメンをテーブル席に運びながら、声をかけてくる。店内には数人の客がいて、忙しそうだ。

瑞希がうなずき、修吾に指定されたカウンター席に座ろうとすると、ラーメンを食べている男が振り向いた。

「よっ、瑞希」

「えっ、あっ、忍？」

黒縁眼鏡で、髪を絵に描いたような七三に分け、ネクタイをしめた青年……それは久しぶりに会う忍だった。

「びっくりした。どこのサラリーマンかと思った」

苦笑いしながら、隣に腰掛ける。忍は何事もなかったかのようにラーメンをすすり、ぼそっとつぶやく。

「中学卒業以来だな。お前、全然連絡してこないから」

忍の声が胸に刺さった。

「……ごめん」

なんだか気まずい空気が流れる。だけど忍の言うとおりだ。瑞希は自分からふたりに「会おう」と声をかけることはなかった。今回の帰省だって、修吾から連絡がなければ、ふたりに会うことはなかっただろう。

「まぁ、元気そうでよかったよ」

忍の声に瑞希はうなずく。

「忍もな」

忍は黙ったまま、またラーメンをすする。

「瑞希くんは？　なににする？」

厨房から修吾の母に声をかけられた。

「あ、えっと……もろずみラーメン大盛りで」

「あいよ！」

修吾の母の威勢のよい声が、店内に響く。修吾の父親はいないけど、この店の雰囲気はまったく変わっていない。

「はい、これ俺のおごりな！　ふたりで飲んで」

カウンターの上に、修吾が瓶のコーラとふたつのグラスを置く。

「悪いな、修吾。なんか忙しいときに来ちゃったみたいで」

「いやいや。俺は瑞希の顔が見られただけで十分よ」

「修吾は瑞希が大好きだからな」

隣で忍が、くもった眼鏡を押し上げながらつぶやく。

「忍だってそうだろ！　今日だって待ち合わせの一時間も前に来やがって」

「たまたま早く仕事が終わって、暇だっただけだ」

「こいつ、瑞希とラーメン食うの楽しみにしてたくせに、腹が減りすぎて、待ちきれなくて食っちゃったんだよ」

修吾がわはははっと豪快に笑って、忍がふんっと鼻を鳴らす。瑞希はそんなふたりを見て、口元をゆるめた。

なんだか、中学生のころに戻ったみたいだ。

「修吾！　餃子（ギョーザ）焼けたよ！」

「はいよ！」

母親の焼いた餃子を、修吾が慣れた手つきでテーブル席に運んでいく。

「修吾、ちゃんとラーメン屋やってるんだな……」

思わずつぶやいた瑞希の隣で、忍が答える。

「ああ。親父さんいなくても、けっこう繁盛してるみたいだ」

「忍も、ちゃんと社会人やってるし。すごいよ、ふたりとも」

「瑞希だってすごいだろ？　東京でひとり暮らしするとは思わなかったよ。お前が一番、寂しがり屋だと思ってたから」

ずるっとラーメンをすすりながら、忍が言う。

たしかに子どものころは、この町にずっと住み続けるのだろうと思っていた。遠くの山も、広々とした畑も、大きな川も、町に住む人たちも、全部好きだったし、たったひとりで暮らすなんて想像もできなかった。

それが中学生になったころから、少しずつ息苦しくなってきて、あの夏以降は、どうやったらこの町を出られるのか、そればかり考えていた。

「はいっ、瑞希くん！　もろずみラーメンお待ち！」

修吾の母の声と共に、目の前に大盛りラーメンのどんぶりが置かれる。ぷんっといい匂いが漂って、急にお腹が減ってきた。

「うわ、うまそう！」

「これはおまけ！　いっぱい食べてね！」

ラーメンの横に、餃子の皿が置かれた。

「おばさんからのサービス！」

「あ、ありがとうございます！　じゃあ、遠慮なくいただきます」

瑞希の声に、修吾の母が微笑む。

「おばさん。俺のは？」

「忍くんはしょっちゅう食べてるでしょ？」

「そうそう。金払うなら作ってやってもいいぞ」

横から修吾も口を出す。

「くそっ、瑞希だけ特別扱いかよ」

「おばさんねぇ、瑞希くんに会いたかったんだもの。またいつでも来てよね」

修吾の母に言われ、瑞希はうなずく。

「はい。また来ます」

にっこりと修吾の母が微笑んだとき、店に客がやってきた。

「いらっしゃいませ！」

「うーす」

なにげなく入り口を見ると、四人組の作業着姿のおじさんたちが入ってくるところだった。どうやら仕事帰りらしい。

「おっ？」

その中のひとりが、瑞希を見て声を上げる。

「もしかして……早瀬さんちの次男坊じゃねぇか？」

よく見ると、近所に住むおじさんだった。他の三人も、顔見知りだ。この狭い町では、誰もが知り合いのようなものなのだ。

「おう、ほんとだ、瑞希じゃねぇか。たしか東京に行ったんじゃなかったか？」

そして当たり前のように、個人情報が知れ渡っている。瑞希は笑顔を作っておじさんたちに答える。

「夏休みなんで……帰省中なんです」

「そうか、大学生だっけな」

「あの泣き虫瑞希が、東京でひとり暮らしなんてなぁ」

「立派になったもんだ」

「顔つきも、長男そっくりになってきたんじゃねぇか？」

そのひと言に、瑞希の笑顔が崩れそうになる。

おじさんたちは声のトーンを少し落とし、顔を見合わせる。

「もう……四年になるのか」

「たしか千尋が、大学に入ってすぐだったからな」

「優秀だったのに……気の毒になぁ」

「でも瑞希は元気そうで、おじさんたちは安心したぞ？」

どんな顔をしたらいいのかわからなくなって、瑞希は膝の上で両手を握りしめる。

「そちらのお客さん、ビール冷えてますよ！　奥のテーブル席へどうぞ！」

にぎやかな店内に、修吾の声が響く。

「おっ、修吾、気が利いてるじゃねぇか」

「よし、飲もう飲もう！」

おじさんたちがぞろぞろと、瑞希の前を通り過ぎていく。瑞希は握ったこぶしを胸に当てた。たったこれだけのことなのに、心臓がドキドキとうるさい。

わかっていたはずなのに。この町に戻ったら、こんなふうに言われること。

兄の千尋の事故は、この町の誰でも知っている話で、何年経っても瑞希や瑞希の家族は、そういう目で見られるってこと。

「瑞希」

忍の声に、はっと我に返る。

「ラーメン伸びるぞ」

「あ、うん」

瑞希はあわてて箸を手に取り、思いっきり元気な声で言う。

「いただきます！」

だけど美味しいはずのラーメンが、なぜだかちっとも美味しく感じられなかった。


「ごちそうさまでした」

「またいつでもいらっしゃいね」

修吾の母に挨拶をして、瑞希は忍と一緒に店を出た。蒸し暑い空気が体中にまとわりついて、気持ちが悪い。

するとふたりを追いかけるように、修吾も外へ飛び出してきた。

「送ってくよ」

「店は？」

「大丈夫。あとは片付けだけだから」

扉を閉めて、エプロンをはずしながら、修吾がにっと笑う。

「やっぱ修吾、瑞希のこと好きだな」

　ぼそっと忍がつぶやいた。

　まだそんなに遅い時間でもないのに、あたりは真っ暗で静まり返っている。東京ではこの時間、まだ昼間と同じくらいにぎやかで、人々が行き交っているというのに。

「よかったらまたラーメン食いに来いよ。一週間くらいいるんだろ？」

　修吾の声に、瑞希がうなずく。

「うん」

「だったら花火大会も見ていけるんだ」

　忍の声に、修吾が「おい」と肘でつつく。

　修吾は気を遣ってくれているのだろう。だけど気を遣わせてばかりじゃ申し訳ない。

　瑞希は思い切って口を開く。

「も、もしよかったら……一緒に花火大会行かないか？　三人で」

　ふたりを誘うのが久しぶりすぎて、ものすごくぎこちなくなってしまった。

　すると修吾が、困ったように頭をかきながら答えた。

「ごめん……俺は店があるから……」

　そうか。もう中学生のころのように、気軽に遊びには行けないんだ。

「じゃ、じゃあ忍は？」

「俺は……その……先約があって……」

忍の顔がめずらしく赤い。代わりに修吾が、忍の肩をぽんっと叩いて言った。

「こいつ、彼女と約束したらしいんだ」

「えっ、忍、彼女できたのか？」

瑞希の前で、忍が黙り込む。また修吾が代わりに答える。

「そうそう、職場の先輩で、すっげー美人」

「修吾。もういいから黙れ」

照れる忍を修吾が冷やかしている。そういえば中三で、初めて忍に彼女ができたときも、こんなふうに修吾にからかわれていた。

「そっか。じゃあ無理だよな。彼女と楽しんでこいよ」

瑞希はそんなふたりを眺めながら、できるだけ明るい声で言った。

修吾と忍が、瑞希を見る。

「悪いな……せっかく瑞希が誘ってくれたのに」

「いや、全然。じゃあひとりで見にいってみようかな。どうせ暇だし」

そう言って笑った瑞希の耳に、忍の声が響いた。

「夏帆は？」

突然耳に飛び込んだその名前に、瑞希は動きを止める。

「夏帆を……誘ってみたらどうだ？」

「おい、忍」

隣で修吾が気まずそうな声を出す。だけど忍は、心に決めたような顔で続ける。

「俺、ずっと気になってたんだよ。瑞希、夏帆とも会ってないんだろ？」

蒸し暑い風が吹く。この時間になっても、まだじっとりとした暑さが残っている。

瑞希は夜の空気を吸い込んでから、小さく「うん」と答えた。

瑞希の頭に、夏帆の笑顔と悲しそうな顔が、交互に浮かぶ。

忍は眼鏡を押し上げ、真面目な顔つきで言う。

「俺がこんなこと言うの、余計なお世話かもしれないけど……お前らすっごく仲よかっただろ？　だからこのまま疎遠になっていくの、なんていうか、見ていられなくて……」

「ほんと、余計なお世話だな」

修吾のツッコミに、忍が冷たい目で睨（にら）みつける。

「修吾だって、いつも言ってたじゃないか」

「いやあ……まぁ、ぶっちゃけ、気にはなってるけどさ」

修吾が短い髪を、くしゃくしゃとかく。

「なぁ、瑞希。夏帆にはもう、会いたくないか？」

忍の声に、瑞希はすぐに首を横に振る。

「会いたくないわけじゃないよ。でもなんていうか……機会を逃しちゃったっていうか」

そうだ。会いたくないなんて、今まで一度も思ったことはない。

だけど中学三年生のあの夏から、夏帆とはほとんどしゃべることもないまま、高校も別々になり疎遠になった。

たぶん……夏帆も自分には、会いたくないだろうと思っていたし。

「夏帆だったら……今もこの町にいるぜ？」

修吾がつぶやいた。

「高校卒業したあと、進学も就職もしないで、この町でバイトしてたんだ。そのバイトも、次々と変えて、今はどこで働いてるかわからないけど……町は出ていっていないはず。そういう噂は、客からすぐに耳に入ってくるからな」

瑞希はごくんっと唾を飲んだ。

「夏帆は、待ってるんじゃないのか？　瑞希から声をかけてくれるのを」

「そんなことは……」

「俺もそう思う」

忍が瑞希に向かって言った。

「瑞希もさ、夏帆としゃべりたいって思ってるんじゃないのか？」

瑞希は唇を噛み、黙り込んだ。

「まぁ、ほんとに、余計なお世話だけどな」

忍がネクタイをゆるめて息を吐く。修吾はなにも言わずに空を見上げる。瑞希も同じように顔を上げた。

田舎の空は暗くて黒い。都会のぼんやりと明るい夜空とはまったく違う。

この町を捨て、東京へ逃げた瑞希。この町に残り、きっとひとりぼっちでいる夏帆。

考えると胸が苦しくなって、でもなにもできない自分にうんざりして、瑞希は深く息を吐いた。

それから三人、なんとなく黙ったまま歩き、次の約束はしないまま別れた。


古い門を開け、家に帰ると、ぱっとオレンジ色の灯りが灯った。パタパタと足音が聞こえ、奥の部屋からパジャマ姿の母が出てくる。

「おかえり、千尋」

「……ただいま」

瑞希は靴を脱ぎ、母に言う。

「寝てていいのに」

「寝てたわよ。でも千尋が帰ってくる音が聞こえたから」

そう言って母が微笑む。

「楽しかった？　お友だちとのお食事会」

「うん」

「よかったわね」

母の横を通って、風呂場へ向かう。

「もう寝なよ。俺、シャワー浴びてくるから」

「はいはい」

風呂場のドアを開ける瑞希の背中に、母の声が聞こえる。

「ねぇ、千尋？」

取っ手にかけた手を止める。

「まだここにいてくれるのよね？」

暑いはずなのに、なんだか背中がひんやりと冷える。

「お母さんを置いて、行かないでね？」

「……まだいるよ」

振り返って、母に言う。

「まだいるから、安心していいよ」

母が微笑んで、背中を向けた。そして襖を開けて、寝室に入る。

その姿を見届けると、瑞希は大きく息を吐き、その場に座り込んだ。

「……なんでだよ」

膝を抱えて、うずくまる。

「なんでいないんだよ……千尋……」

母の時間は、止まっている。いや、母だけじゃない。父も瑞希も、そしてたぶん夏帆も……あの夏の日から、時が止まったままなのだ。

◇

「今年も三人で花火大会行こうよ」

あれは忘れもしない、四年前の八月十日。中学生の水泳大会の日だったから、よく覚えている。

千尋の出した記録には程遠く、惨敗して帰ってきた瑞希が学校のプールで泳いでいると、夏帆がやってきたのだ。

試合の結果は知っていたくせに、夏帆は励ますことも慰めることもせず、ただいつものように、「さしいれ」と言ってアイスをくれた。

そしてプールサイドに座って、ふたりでアイスを食べているとき、夏帆がそう言ったのだ。

「ね？　いつもみたいにさ」

夏帆が瑞希の顔をのぞき込み、にかっと笑う。

毎年八月十五日の夜、学校の裏を流れる大きな川で、花火大会が開催されていた。それは娯楽の少ないこの町の、年に一度の楽しいお祭りであった。

そして幼いころから毎年必ず、瑞希は兄の千尋と幼なじみの夏帆と三人で、花火を見にいっていたのだ。

「今年はさ、あたし浴衣着ようと思うんだよね」

夏帆の声にはっとする。いままで浴衣なんか着たことなかったくせに。

「実はもう買ってあるんだ。紺色の生地に白と紫の朝顔柄の、ちょっと大人っぽいやつ。少しでも大人っぽく見せたいしね」

夏帆が照れくさそうに、えへへと笑う。瑞希はわざと意地悪く言ってしまう。

「どんなにがんばっても、お前は子どもだよ」

「なによ、それ！　あたしもう十五だもん。あの浴衣着たら、絶対大人っぽく見えるもん」

口をとがらせている夏帆は、まったく大人っぽくは見えないが。

瑞希はあきれたようにため息をつき、夏帆に聞く。

「なんでそんなに大人っぽくなりたいんだよ」

するとと夏帆の目が一瞬見開いて、少し頬を赤らめてこう言った。

「だって……千尋くんに綺麗になったねって、褒められたいじゃん？」

瑞希の胸に、細い針のようなものが刺さる。その痛みが、じわじわと体中に広がって、やがて強い痛みとなる。

けれど夏帆は、そんな瑞希の気持ちに気づくはずもなく、どこか嬉しそうに尋ねてくる。

「ねぇ、千尋くんって、花火大会の日に帰ってくるんだよね？」

瑞希は仕方なく答えた。

「うん。そんなこと言ってた」

この年の春、大学に入学した千尋は、東京でひとり暮らしを始めていた。帰ってくるのは四か月ぶりくらいで、夏帆は千尋に会えるのを、楽しみにしているようだった。

「千尋くんに会うの、久しぶりだなぁ。受験のころも、あんまり会えなかったし。ねぇ、あたしのこと、忘れてないよね？」

夏帆に腕をつかまれて、瑞希はそれをさりげなく払う。

「知らないよ、そんなの」

なんだか気分が悪くなり、夏帆を残して立ち上がる。

「ちょっと、瑞希ー！　なによ、その言い方！」

急いで腰を上げた夏帆が、歩き出した瑞希の隣に並ぶ。

「ねぇ、瑞希も行くよね？　花火大会」

「行かない」

つい、言ってしまった。

「え？」

驚いた顔で足を止めた夏帆の少し先で、瑞希も立ち止まる。

「いつまで三人で行かなきゃなんないんだよ」

「なんでそんなこと言うの？　瑞希は行きたくないの？」

黙った瑞希の前で、夏帆が怒った顔をする。そして瑞希に向かって口を開く。

「だったら千尋くんとふたりで行っちゃうよ？」

「行けば？」

抑えようと思うのに、勝手に言葉があふれ出る。

「最初からふたりで行きたかったんだろ？　勝手にすれば？」

夏帆がきゅっと唇を結ぶ。そのあと、瑞希の体を思いっきり突き飛ばしてきた。

「あぶねっ……」

思わずよろけた瑞希に向かって、夏帆が叫ぶ。

「バカッ！　瑞希のバカッ！　大っ嫌い！」

夏帆がプールサイドを走り去る。瑞希は呆然とその姿を見つめる。

「……なんだよ」

青い空に、不気味なほど大きな入道雲が湧き上がっていた。カラスが鳴き声を上げ、どこかへ飛んでいく。

「大っ嫌いって……なんだよ」

イライラして、アイスの棒を投げ捨てた。今日もそこに『あたり』という文字は書いてない。

「千尋くん、千尋くんって……なんなんだよ」

瑞希の頭に、千尋と並んで歩く、朝顔柄の浴衣を着た夏帆の姿が浮かんでくる。夏帆は頬を花火の色に染め、嬉しそうに笑っている。

それが現実になると思ったら、いてもたってもいられなくなった。

そのあと瑞希は、走って家に帰った。帰る途中、土砂降りの雨が降ってきて、今日はなにもかもが最悪だとうんざりした。

家に着くと、びしょ濡れのまま母に言った。

「俺、明日から、名古屋のばあちゃんちに行ってくる！」

「え？」

母の実家は名古屋にあり、毎年花火大会のあとに、家族で遊びに行くことになっていた。

「なに言ってるの、瑞希。おばあちゃんちに行くのはまだ早いでしょう？　千尋だって帰ってくるのよ？」

「いいんだ。俺だけ先に行く」

千尋が帰ってくるこの家にはもういたくなくて、母を説得して、翌日ひとりで名古屋へ向かう電車に乗り込んだのだ。

祖母の家にいる間、夏帆とは一度も、電話もメッセージのやりとりもしなかった。

そして八月十五日の深夜、千尋が川で溺れて亡くなったと、祖母のもとに連絡があったのだ。

◇

蝉の鳴き声で、瑞希は目が覚めた。

「暑……」

タオルケットを蹴飛ばし、布団の上でごろんっと寝返りを打つ。

窓から見える太陽は、ずいぶん高く上がっていた。

「……今日、何日だっけ」

そばにあったスマホを手に取りながら、瑞希は起き上がる。

実家に帰って、今日で三日？　四日だっけか？

最初に修吾たちと会っただけで、他には特になにもせず、毎日家でごろごろするか、母の相手をして過ごしていた。

「今日もあっついなぁ……」

かつて千尋の部屋であり、今回母が布団を用意してくれたこの部屋は、彼が生きていたころのままだ。

小学生から使い続けていた学習机も、黄緑色のカーテンも、本がぎっしり並んだ本棚も……

瑞希はスマホを放り投げ、本棚に並ぶ本の背表紙を、なにげなく眺めた。どの本も分厚くて難しそうだ。

床を這(は)いずって近づき、その中の一冊を適当に引き出してみる。

千尋はスポーツマンであり、読書家でもあった。瑞希も千尋の本を、何度か読んでみようと挑戦したが、文字がぎっしり書いてある本ばかりで、毎回ギブアップしていた。

パラパラとめくると、やはり難しい文字ばかり。見るだけでうんざりしてきた。

「やっぱり俺には無理だ……」

パタンと本を閉じ、元あった場所に戻そうとして手を止める。

「なんだ……これ」

隣の本に、しおりのようなものが挟まっていた。いや違う。しおりにしては、ずいぶん大きい。

瑞希はその本を手に取り、開いてみた。そこに挟まれていたのは、手紙だった。

【ちひろくんへ】

その丸っこい文字を見ただけで、差出人が誰だかわかった。瑞希はずっと夏帆の隣で、彼女の文字を見てきたから。

そしてまだつたないこの文字は、たぶん小学校高学年のころだろう。

瑞希は封筒を手に持ったまま、どうしようか迷った。

封は切ってある。中が気になったが、人の手紙を勝手に見るのはよくない。でもこんな場所に挟んだまま、いなくなってしまった千尋も悪い。

しばらく考え込んだあと、封筒からそっと中身を取り出した。中に入っていたのは、ピンク色の便せんが一枚。

【今日、みずきと一緒に、ちひろくんの試合を見にいきました】

瑞希の頭に、小学生のころの記憶がよみがえる。中学生だった千尋の試合を見に、ふたりでよく出かけていた。

【ちひろくん、今日も一位だったね。泳ぐの速くてびっくりしちゃった。すごくかっこよかったよ!】

夏帆の書いた文字を読みながら、胸がちくちくと痛む。

【ちひろくんは勉強もできるし、いつもやさしいし、かほのあこがれの人です。大好きだよ。これからも応援してるね。ファイト！】

最後に描いてある、うさぎが旗を振っているイラストを眺めてから、瑞希は便せんを折りたたみ、封筒の中にしまった。

見なければよかった。こんなもの。

本に挟み、元あった場所へ戻す。

【大好きだよ】

夏帆の丸っこい文字が、頭から離れてくれない。

瑞希は汗ばんだTシャツを着替えると、千尋の部屋を出て階段をくだった。


縁側から庭を見ると、母は今日も草むしりをしていた。

瑞希が実家にいたころは、毎日パンを焼き続けたり、マフラーを何枚も編んだり……あの夏から母は、なにかに夢中になることで、現実から逃れようとしているようだった。

「……母さん」

炎天下の庭にしゃがみ込む、母の背中に声をかける。

「もうやめたら？　十分綺麗だし……熱中症になるよ」

　ぴたっと動きを止めた母が、ゆっくりと振り返る。そしていつものように優しく目を細め、瑞希に向かって言うのだ。

「あら、おはよう、千尋。いま朝ご飯作るわね。あ、もうお昼かしら？」

　その声を聞いていたら、なんだか無性にイライラしてきた。このままだと爆発してしまいそうな気がして、母からすっと顔をそむける。

「今日はいらない。出かけてくるから」

「え、どこに？」

「ちょっと、友だちと会うんだ」

　そんな予定はなかったけれど、もうこれ以上ここにいたくなかった。

「そうなの？　夕飯は家で食べるのよね？」

「……うん」

「千尋の好きなエビフライ作っておくから。早めに帰ってきてね」

　今日もエビフライかよ。

「俺……エビフライ、好きじゃないんだよな……」

「え？　なにか言った？　千尋」

「なんでもない」

　なんだか吐き気がしてきて、瑞希は逃げるように家を出た。

真昼の田舎道を歩きながら考える。

「もう、東京に帰ろうかな……」

高校時代、こんな家が嫌で、気が狂いそうで、早くひとり暮らしがしたかった。だけど離れてみれば、やっぱり母のことが心配で、実家に帰ってみたが……もう限界だった。

本当はもう少しいるつもりだったけど、明日荷物をまとめて帰ろう。母は、千尋がいなくなって悲しむかもしれないが、知ったこっちゃない。

行く当てもなく歩いていた足を止める。畑が広がる、田舎道。さえぎるもののない頭上からは、真夏の日差しが降ってくる。

「喉かわいた……」

といっても、あたりにはコンビニどころか、自動販売機さえない。

少し歩けばコンビニもスーパーもある、ひとり暮らしのアパート周辺と比べて、あまりの田舎にうんざりする。

ため息をつきながら、前を見た。遠くに灰色の建物が見える。中学校だ。

瑞希はその近くにあった、小さな商店を思い出す。

「あの店……まだあるかな」

重たい足をゆっくりと動かす。たしかおばあさんがひとりで店番をしていたはず。

久しぶりに寄ってみようか。飲み物が欲しいし。

瑞希は少し足を速めた。


雑貨や食料品などが売られている小さな商店は、まだ営業していた。古い建物も、店の前に置いてある古びたベンチも、あのころと変わっていない。

「よかった」

砂漠でオアシスを見つけたような気持ちで駆け寄ると、店の外にあるアイスのケースに気がついた。

『はい。さしいれ』

瑞希の頭に、アイスキャンディーを差し出す、夏帆の笑顔が浮かぶ。

「……アイス」

ぽつりとつぶやいたあと、ケースからアイスキャンディーを一本取った。選んだのは夏帆がいつも買ってきてくれた、水色のソーダ味だ。

それを持って店内に入り、声を上げる。

「すみませーん」

ポケットの中の小銭を数えてから、薄暗い店の中に声をかける。

あのおばあさんはまだ元気だろうか。そういえば耳が遠かったっけ。

そんなことを思い出しながら、もう一度、声を上げる。

「すみませーん！　アイスください！」

すると店の奥から誰かが出てきた。

「……いらっしゃいませ」

若い女の人の声。おばあさんではない。別の人に代わってしまったのだろうか。

「えっと、これいくら……」

尋ねようとして、息を呑んだ。店から出てきた人間も、瑞希の前で驚いたように足を止める。

「え……」

漏れた声は、どちらの声だっただろうか。いや、同時だったかもしれない。

「……夏帆？」

つぶやいた瑞希の声が、かすれていた。

そこには髪が伸び、顔つきがほっそりした幼なじみが、呆然とした表情で立ちつくしていた。

「あ……えっと……」

どのくらい沈黙していたのだろう。ものすごく長い時間のように思えたけれど、たぶんほんの一瞬のはずだ。瑞希はアイスを持ったまま、おどおどと口を開く。

「どうして……夏帆がここに？」

店が薄暗いせいか、夏帆はひどく顔色が悪い気がした。表情も乏しく、瞳に生気が感じられない。

中学生のころ、太陽みたいに笑っていた面影は、まったく感じられなかった。

「夏帆……だよな？」

なにも答えてくれないので、目の前の人物が本当に夏帆なのか、不安になってきた。

「俺……瑞希だけど……」

「百十円」

消えてしまいそうなほど、か細い声が聞こえた。

「百十円です」

「あ、はい」

瑞希は持っていた小銭を、夏帆の前に差し出した。夏帆が手のひらを広げ、その上に百円玉と十円玉をのせる。

「……ありがとうございます」

夏帆が頭を下げた。長く伸びた黒髪が、その顔を隠す。

まるですべてを遮断するかのように。

「夏帆……」

夏帆はそのまま頭を上げようとしない。

「夏帆？」

店の中は静かで、瑞希の声だけが響く。

「夏帆。顔を上げてよ」

夏帆の黒髪が、かすかに左右に動く。

……もしかして、謝っているつもりなのか？

大きく息を吸い込む。胸の奥から、わけのわからない感情が湧き上がってきて、瑞希は思わず夏帆の腕をつかんだ。

「頼むから顔を上げて」

夏帆の体がびくっと揺れる。握っていた小銭が床に落ち、チャリンッと音が響く。

瑞希と目が合ったその顔は、怯(おび)えるように震えていた。

「……ごめん」

そうつぶやいて、夏帆の腕から手を離すと、小さな声が聞こえてきた。

「どうして瑞希が謝るの？」

はっとして夏帆を見る。薄闇の中、夏帆の瞳が潤んでいる。

「謝らなきゃいけないのは……わたしのほうでしょう？」

瑞希は首を横に振る。そんなこと、思っていない。

「だって、わたしの……わたしのせいで……」

ごくんっと唾を飲む。心臓がドキドキして、息が苦しい。

「わたしのせいで……千尋くんは死んだんだから」

瑞希を見つめる、夏帆の唇が震えている。


「夏帆ちゃん？　どうかしたのかい？」

背中に声が聞こえ、はっと我に返った。振り向いた瑞希の前に、杖をついたおばあさんの姿が見える。この店の店主のおばあさんだ。

「あ……」

口を開こうとした瑞希よりも先に、夏帆が床に落ちた小銭を拾い、素早くおばあさんに渡して言った。

「ごめんなさい。用事ができたので、帰ります！」

「夏帆ちゃん？」

首をかしげるおばあさんを残し、夏帆が店の外へ飛び出していく。

「夏帆！」

叫んだ声も虚しく、夏帆の姿はあっという間に、真夏の日差しの中へ消えてしまった。

「あんた……瑞希くんだね？」

呆然と立ちつくしたままの瑞希に、声がかかる。

「そ、そうです」

見ると、おばあさんが、穏やかに微笑んでいる。そしてゆっくりと店の奥に進むと、

「よっこらしょ」とパイプ椅子に腰掛けた。

「最近、足が悪くてね。いまも病院に行ってきたところなんだよ」

「はぁ……」

「年も取ったしね。週に何回か、夏帆ちゃんに店番を頼んでるんだ」

それで夏帆がここにいたのか。

おばあさんは持っていた手提げバッグの中から水筒を取り出し、ごくごくと音を立てて飲んだ。瑞希は黙ってそれを見つめる。

飲み終わるとおばあさんが、ゆっくりと話し始めた。

「高校生のころからね、夏帆ちゃんがつらそうにしているのをよく見かけてたんだ。それもそうだろう。あんなことがあったあとじゃねぇ……」

あんなこと……もちろんあの夏の千尋の事故のことだ。

「あんたもつらかっただろう？　お母さんはまだ具合がよくないんだって？」

「ええ、まぁ……」

母の心が不安定で、家に引きこもっていることも、このあたりの人なら誰でも知っている。

瑞希は手に持ったアイスに視線を落とす。じんわりと溶け始めているのがわかる。

「あたしはね、夏帆ちゃんのことが気になって、何度か声をかけたんだよ。最初はなにも話してくれなかったけど、だんだん口を開いてくれるようになってね」

おばあさんが静かに瑞希を見上げた。

「きっと家族にも友だちにも……あんたにも言えなかったんだろうね」

瑞希は唇を噛みしめる。

「夏帆ちゃんは、こう言ってたよ」

おばあさんは瑞希を見つめたまま、続けて話す。

「千尋くんを花火大会に誘ったのはわたしだ。慣れない下駄を履いて出かけたせいで、足を滑らせ川に落ち、千尋くんが飛び込んでくれた。そのおかげでわたしは助かったのに、千尋くんはそのまま深みにはまって……帰らぬ人になってしまった」

おばあさんが一度、深く息を吐く。

「すべてはわたしのせい。わたしが千尋くんを誘わなければ。わたしが浴衣を着ていかなければ。わたしが足を滑らせなければ。わたしが川で溺れなければ……全部全部わたしのせいで、千尋くんだけでなく、千尋くんの家族まで不幸にしてしまった……」

「違います！」

つい叫んでいた。おばあさんが黙って瑞希を見つめる。

「夏帆のせいなんかじゃない。そんなこと誰も思ってない」

夏帆を助けるために、千尋が川で溺れた――その事実を知ったときは、もちろんショックだった。

だけど夏帆のせいだなんて思っていない。父も、母も、そんなことは一度も言っていないし、千尋だって、後悔なんかしていないはずだ。

「千尋の泳ぎが……下手だっただけだ」

ぽつりとつぶやいた声が、薄暗い店内に浮かんだ。

でも瑞希は……その気持ちを夏帆に伝えたことがなかった。伝えなければいけないと思っていたのに。夏帆に会う勇気がなかったのだ。

かつんっと杖を床につく音がした。「よっこらしょ」とまた言って、おばあさんが立ち上がる。

「だけどね」

瑞希の耳に、おばあさんの声が響いた。

「過去を変えることはできないんだよ。夏帆ちゃんも、あんたの家族も、あんたも……あの日のことを一生背負って生きていかなきゃならないんだ」

過去を変えることはできない——

突き付けられた現実に、顔をうつむかせると、溶けかけたアイスキャンディーが見えた。

そして次の瞬間、頭の中にある光景が浮かんだ。

まぶしい真夏の太陽。プールの水面に反射する光。水色のアイスキャンディー。錆びついた緑色のフェンス。

並んで座っているのは、瑞希と夏帆と、それから……水泳部顧問の池田先生。

『自分の戻りたい過去に、戻ることができるんです』

ゆらゆら揺れる水面を眺めながら、先生はそう言った。

『一年に一度、特別な夜だけ、このプールに飛び込めば』

すっかり忘れていた記憶が、突然よみがえる。

シャワシャワと、途切れることのない蝉の声も。口の中で溶けた、水っぽいアイスの味も。『先生ってば、嘘ばっかり』とふざけた、夏帆の笑い声も。全部全部、鮮明に——

「過去に……戻れる……」

思わずつぶやいた瑞希の顔を、おばあさんがじっと見つめる。

もしも——過去に戻ることができるのなら。

花火大会の夜、ふたりだけで出かけるのをやめさせる。いつもどおり三人で行って……

それで……

「俺に……なにができるんだ？」

あんなに泳ぎがうまかった千尋でさえ、溺れてしまったのだ。その場に自分がいても、きっとなにもできなかっただろう。

だったら花火大会なんか行かなければいい。

『今年も三人で花火大会行こうよ』

そうだ。あの日に戻って、夏帆を花火大会に行かせなければいいんだ。

「瑞希くん？」

おばあさんの声にはっとする。

「あんた……大丈夫かい？」

「……大丈夫です」

バカなことを考えてしまった。四年前に戻って過去を変えるなんて、できるはずがない。

池田先生の作り話を本気にするなんて……

瑞希はおばあさんの前で頭を下げる。

「じゃ、俺はこれで……」

薄暗い店内から、明るい外へ一歩踏み出す。

結局自分にできることなど、なにもないんだ。

両親に対しても、夏帆に対しても、死んでしまった兄に対しても……

まぶしい日差しにくらくらしながら、無理やり足を動かす。

手に持ったアイスは、袋の中で溶けている。

「もう……帰ろう」

家に。そして東京のアパートに。

中学校の校舎に背を向けて、瑞希はいま来た道を引き返した。


「え、明日の朝、帰る？」

「……うん」

夕食の食卓で、エビフライを箸でつつきながら、瑞希は答えた。母の顔は、どうしても見られなかった。

「どうして？　まだいられるって言ったじゃない」

「急にバイトが入って……戻らなきゃならないんだ」

もちろんそんなのは嘘に決まっている。

「そんな……千尋はお母さんよりバイトのほうが大事なの？」

「母さん」

おろおろする母に、父が声をかける。

「帰りたいって言ってるんだ。好きにさせてやろう」

「だめよ！　そんなのだめ！」

突然母が叫び、立ち上がった。ガタンッとテーブルが揺れ、味噌汁や飲み物がこぼれる。

瑞希は驚いて顔を上げた。

「千尋！　いなくなったらだめよ！　いなくならないで！」

母が瑞希に駆け寄り、手を握りしめる。

「お願い！　お母さんとお父さんを置いていかないで。ずっとここにいて。お願いだから
……」

必死にすがりついてくる母を、瑞希は黙って見下ろした。母の手はものすごく冷たくて、なんだか死んでいるみたいな気がした。

「もう……やめてよ」

そう思ったら、胸の奥底にため込んでいた言葉が、じわりとあふれた。

「俺は千尋じゃないんだよ。本当は母さんだってわかってるんだろ？」

母がはっと顔を上げて瑞希を見つめる。

「千尋は死んだんだ。四年前に、川で溺れて。だからもう、この世にはいないんだよ」

「なんで……なんでそんなこと言うの？」

そうつぶやくと、母はこぶしで瑞希の体を叩き始めた。

「なんでそんなこと言うのよ！　千尋が死ぬはずなんてない！　千尋は生きてる！　死ん

でなんかいない！　なんでそんなこと言うの？　ひどい！　嘘つき！」

「母さん！　もうやめなさい！」

父が母に駆け寄り、腕をつかむ。母は子どもみたいに泣きわめいている。

「今日は疲れているんだ。もう休んだほうがいい。部屋へ行こう」

母を抱きかかえ、父が部屋を出ていく。瑞希はそんな両親の姿を、ぼんやりと見つめながら思う。

この家にも、この町にも、自分の居場所なんてどこにもないのだと。


「瑞希？　入ってもいいか？」

部屋で荷造りをしていると、父の声が聞こえた。瑞希は背中を向けたまま、手でごしごしと目をこすると「いいよ」と答えた。

カチャリとドアが開き、父が兄の使っていた部屋に入ってくる。

「……母さん、大丈夫だった？」

「ああ。薬を飲んで、眠ったよ。大丈夫だ」

父の声は優しい。でもそんな父の顔を、瑞希は見ることができなかった。

「母さんのことは心配しなくていいから。瑞希は明日帰りなさい。母さんに付き合ってくれて、ありがとうな」

黙ったまま、父の声を聞く。

「エビフライも、食べてくれてありがとう。苦手なのに無理してたんだろう？　すまなかったな。本当に」

瑞希は膝の上で、ぎゅっと両手を握りしめる。

「ありがとうなんて言われること……なんにもしてないよ」

母のために、瑞希ができることなんて、なにもない。母の中では千尋がまだ、生き続けているのだから。

「俺は……逃げたいだけなんだ。この家から……母さんから……だから、ありがとうなんて言われること、なにもしてない」

うつむいたままつぶやいた声が、震えてしまった。父に泣いている顔なんて、見られたくない。

「そんなことない。瑞希、来てくれて、ありがとう」

そう言った父の声も、やっぱり少し震えていた。

◇

「みずきー！」

水の中に声が聞こえる。夏帆の澄んだ声がはっきりと。

水しぶきを上げて、水面に顔を出すと、いつものように夏帆が笑っていた。瑞希はわざと眉をひそめて言う。

「また来たのかよ」

「今日はあたしだけじゃないんだよー」

夏帆が「じゃーん」とおどけた声を出し、両手を横に差し出す。見るとそこに、水泳部顧問の理科教師が立っていた。

「……池田先生」

真夏でも白衣を着た、ぼさぼさ頭で黒縁眼鏡の、いつも冴えない顔つきをしている池田。年齢はもうすぐ三十といったところらしいけど、まったく若さが感じられない。生徒たちからもあまり信頼されていない……というか、正直バカにされている。

他の先生と仲よくしている様子もなく、きっと誰もやりたくない、幽霊部員ばかりの水泳部の顧問を、無理やり押しつけられたのだろう。と瑞希は推測している。

だけどそんな池田にも、夏帆は気軽に声をかける。瑞希の何倍も、夏帆はコミュ力が高いのだ。

「こんにちは、瑞希くん。元気そうですね」

池田に会うのは久しぶりだ。顧問と言っても名前だけで、池田はたまにしか部活に顔を出さないし、もちろんコーチなどではない。

「元気ですよ。先生は？」

「元気か元気じゃないかといえば、元気じゃないです」

たしかに池田は暑そうで、ふらふらと倒れてしまいそうに頼りない。

「先生。暑いなら泳いだらどうです？」

「いえ。僕は泳げないので、遠慮させていただきます」

そうなのだ。池田はカナヅチなのに、水泳部の顧問をやっている。

「いまね、アイス買いにいったら、池田先生にばったり会って。先生ね、瑞希のためにアイス買おうとしてたんだって。ついでにあたしの分もおごってもらっちゃった！」

夏帆がまた「じゃーん」と効果音を口にして、いつものアイスを見せる。

「瑞希くんもよかったら」

池田の手にも、同じアイスが。

「……ありがとうございます」

「瑞希くん。いつもがんばってますからね」

たまにしか来ないくせに、そんなのわかるのかよ……そう思うのに、なんだか池田に言われると、ちょっと嬉しかった。

フェンスに寄りかかって、三人並んで座った。夏帆は「溶けちゃう、溶けちゃう」と、あわててアイスを袋から出している。

「いただきます」

瑞希が言うと、隣で池田が「どうぞ」と言った。その手にもうアイスはない。

「あれ、先生は食べないんですか？」

瑞希の声に、池田が答える。

「僕はお腹が弱いので」

「先生って、見るからに虚弱体質っぽいもんね」

夏帆がけらけら笑いながら、そんなことを言う。たしかに池田は、ひょろひょろしていて、ちょっと押したら倒れてしまいそうな体つきだ。

「ふうん。でもなにか飲んだほうがいいですよ。あ、俺、アクエリあるんで、よかったら」

瑞希が未開封のペットボトルを差し出すと、池田は困ったような顔をした。

「いえ、生徒から物をもらうわけには」

「だったら生徒に物をおごるのもいけないんじゃないですか？」

瑞希がアイスを見せると、めずらしく池田が少し笑った。

「それでは、遠慮なくいただきますが、これではアイスをあげた意味がなくなります。僕は毎日ひとりでがんばっている瑞希くんに、ご褒美をあげたかったのに」

「ご褒美なら、あたしがいつもあげてるから、おかまいなく」

「うるさいな、夏帆は。部外者は少し黙ってろ」

「なによー」

瑞希の隣で夏帆がむくれる。こんな顔はまるで子どもだ。昔から全然変わっていない。

すると反対側から、ふっと息を吐くように池田が笑った気がした。

「ふたりとも、あいかわらず仲がいいのですね」

「仲なんかよくないです！」

「そうよ！　家が近所だから、面倒見てあげてるだけだからね！」

「面倒ってなんだよ！」

そんなふたりを見て、今度は本当に池田が微笑んだ。

「では、いつも部活をがんばっている瑞希くんと、いつも瑞希くんを応援してくれる夏帆さんに、とっておきの秘密を教えてあげましょう」

「とっておきの秘密？」

瑞希と夏帆が、そろって首をかしげる。

「そうです。僕も中学生のとき、水泳部顧問の先生から聞いた、とっておきの秘密です」

思わず瑞希は、夏帆を見た。夏帆も瑞希を見て、もう一度不思議そうに首をかしげた。

「瑞希くんと夏帆さんは、タイムスリップとか、タイムリープという言葉を聞いたことはありますか?」

「タイムスリップ? 映画とか漫画とかに出てくるやつですか?」

「タイムマシンなら知ってるよ」

突拍子もない池田の言葉に、瑞希は興味を持ち、夏帆も身を乗り出してきた。

「そうです。過去に戻ったり、未来に行けたりする、あれです」

「それがどうかしたんですか?」

するとと池田が、すっと腕をまっすぐ伸ばし、空の色を映した、水色のプールを指さした。

「ここで、タイムスリップができるんです」

「は?」

思わず瑞希が声を漏らした。夏帆もぽかんっと口を開けている。

「自分の戻りたい過去に、戻ることができるんです」

ゆらゆら揺れる水面を見つめながら、池田が続ける。

「一年に一度、特別な夜だけ、このプールに飛び込めば」

どろりと溶けたアイスが、棒を伝って手に流れた。フェンスの向こうで野球部の金属バットの音が、キンッと響く。

「あ、はは……」

瑞希の耳に、夏帆の笑い声が聞こえてきた。

「やだなぁ、真剣な顔してなに言うかと思ったら……」

夏帆の声が、プールサイドで弾ける。

「先生ってば、嘘ばっかり」

けらけら笑う夏帆の隣で、瑞希も笑った。

「ほんと、ありえない。このプールで過去に戻れるなんて」

池田はなにも言わない。ただ穏やかな表情で、ふたりを見つめている。

「なにそれ、学校の七不思議とかいうやつ？　そんなの聞いたことないけど」

「過去にしか行けないんですか？　俺、どっちかっていうと、未来に行きたい」

「やだぁ、瑞希。いまの話、信じたの？」

「信じたわけじゃないけど、どうせ行くなら未来がいいって話」

「自分の未来見て、どうするのよ。そんなの楽しみにとっておいたほうがいいじゃん」

ふたりでわいわい話し始めたら、池田が静かに立ち上がった。

「しかし、過去に戻って過去を変えてしまうと、未来も変わってしまうわけですし。遊び半分で、やることではありません」

瑞希は夏帆と話すのをやめ、立ち上がった池田を見上げる。

「だからこの話は、とっておきの秘密なんです。誰にも言ってはいけませんよ？　みんなが遊び半分で過去を変えてしまったら、この世界がとんでもないことになりますから」

「じゃあ、なんであたしたちに教えてくれたの？」

　夏帆の声に、池田が答える。

「君たちなら、馬鹿なことはしないと信じているからです」

「へぇ、あたしたち、すっごい信頼されてるんだね、瑞希！」

　瑞希は黙って池田を見つめた。池田はもう一度微笑んで、瑞希に言う。

「それと瑞希くんが、なんとなく僕と似ていると思ったからです」

　似ている？　この冴えない理科教師と自分が？

「いつか、どうしても必要なときが来たら、この話を思い出してください。ただ、自分の都合で過去を変えれば、それ相応の代償を払わなければならないということも、覚えておいてください」

「え、代償ってなに？　なんかこわっ」

　夏帆がそう言って、アイスをぺろりと舐める。まったく怖がってなさそうだ。

　そして歩き始めた池田に向かって叫ぶ。

「せんせーい、もう帰っちゃうの？」

「はい。瑞希くんの元気な姿を確認できましたので」

「アイス、ありがとねー」

「アイスおごったことは、学校には内緒ですよ」

おかしそうに笑っている夏帆の隣で、瑞希はどろどろになったアイスを見下ろしていた。

『自分の戻りたい過去に、戻ることができるんです』

「……まさかな」

タイムスリップなんて、ありえない。そんなの映画や漫画の中だけの話だ。だいたい理科教師のくせに、そんな非現実的なことを信じているなんておかしい。やっぱり池田先生は、変わり者の、ぼっち教師だ。

「先生！　アイスごちそうさまでした！」

池田はちらっと振り返り、ぺこっと頭を下げると、静かにプールサイドから消えていった。

「あれっ、瑞希のアイス溶けてるじゃん！」

「ああ、うん」

「なにやってるのよ、もうー。どんくさいなぁ」

「うるさいな。お前もさっさと帰れよ」

「ひどっ。人がせっかく応援に来てあげてるのにー」

「誰も頼んでないし」

プールサイドで夏帆と言い合う。でもそんな時間が、本当はたまらなく愛おしかった。

あれはたしか、瑞希が中学二年の夏休み。

あの日、池田から聞いた『とっておきの秘密』は、すぐに瑞希の頭の隅に押しやられ、すっかり忘れ去られていたのだ。

◇

はっと目を覚ますと、朝だった。

昨夜は中学生のころの思い出を、次々と思い出してしまった。あの商店で、夏帆に会ったからだろう。

「『とっておきの秘密』だなんて……バカバカしい……」

窓の外を見ると、庭にしゃがみ込み、黙々と草むしりをしている母の背中が見えた。

その姿を見ていたら、なんだか涙が出そうになり、支度をして、母には声をかけず家を出た。あとのことは任せておけと言う、父の言葉に従うことにしたのだ。

修吾と忍には、昨夜のうちにメッセージを送っておいた。結局あれ以来、ふたりに会うことはなかった。

『そうか。もう戻るのか。また遊びに来いよ』

『今度は俺たちが、東京に行くわ』

ふたりはそう言ってくれたけど、そんな日は本当に来るのだろうか。

かつての親友たちと、いまの自分は、もう住む世界が違ってしまった気がする。中学生のころのように、なにも考えずバカやっていたころには、たぶんもう戻れない。

荷物を肩にかけ直し、田舎道をぼんやりと歩く。日差しはすでに強く、今日も暑くなりそうだ。

しばらく歩くと、中学校のそばの商店が見えてきた。昨日ここで、夏帆と会ったことを思い出す。

『過去を変えることはできないんだよ』

おばあさんの言葉を思い出しながら、ひと気のない店の前を通りすぎる。

あたりが強い日差しに照らされた。額にじんわりと汗がにじんでくる。

なんだかここにいることさえいたたまれなくなって、地面を蹴って走り出す。

来るんじゃなかった、こんな町。嫌なことを、思い出しただけじゃないか。

なにもできない自分を、思い知らされただけじゃないか。

「あっ」

思わず声を上げて立ち止まる。人通りのない田舎道。向こうに見える古い校舎。目の前に見える緑色のフェンス。そしてそこに立つ、女の人の姿。

「夏帆……」

ゆっくりと振り向いたのは、やはり夏帆だった。

まさかこんなところで会うなんて。いくら狭い町だからって、二日連続で会うなんて。きっと向こうもそう思っているのだろう。目を見開き、呆然とした表情で、瑞希の顔を見つめている。瑞希は汗ばんだ手をぎゅっと握りしめた。

うつむいた夏帆が、なにも言わずに歩き出す。瑞希のほうへ向かって、一歩ずつ。その途端、鮮やかな光景が一気によみがえる。

青い空を映した、プールの水面。水色のアイスキャンディーを持った、夏帆の笑顔。

思い出す。あのころを。ずっと一緒にいたいと思っていた、あのころの気持ちを。

夏帆……

呼んだ名前は声にならなかった。ただ手を握りしめるだけの瑞希の横を、夏帆が素通りしていく。

一瞬、風が吹き抜けた。夏帆の長い髪があおられ、頬につうっとなにかが流れていくのが見えた。

夏帆が……泣いてる？

突っ立ったままの瑞希を残し、夏帆が去っていく。

夏帆が、泣いていた。

幼いころも、小学生のころも、中学生のころも、そして千尋の葬儀の日も——一度だって涙を見せなかった夏帆が……

唇を引き結び、声を出さず、ただ苦しそうに泣いていた。


「くそっ」

握ったこぶしで、錆びたフェンスを叩きつける。

ガシャンッと大きな音が、あたりに響く。

「なんでっ……なんで……」

せっかく会えたのに。きっと神様がくれた、最後のチャンスだったのに。

「なのになんで、俺はなにも言えないんだよっ」

自分で自分が、心底嫌になる。

いまからあとを追いかけようか。どこに向かったのか知らないが、きっとすぐに追いつくはずだ。

でも、声をかけてどうするつもりだ？　なんて声をかけるつもりだ？

『過去を変えることはできないんだよ』

過去が変わらない限り、きっと夏帆は変わらない。もう千尋はいないのだから。

「俺には……なにもできないんだ……」

もう一度フェンスを叩いて、深く息を吐く。じっとりと額に汗がにじんでいる。

「……戻れたらいいのに」

ぼんやりと見つめたフェンスの向こうに、水の張られたプールが見える。

「あのころに……戻れたらいいのに」

つぶやいてから、瑞希ははっと目を見開く。

誰もいないと思っていたプールサイドを、デッキブラシで清掃している人がいる。

「え？」

フェンスに張りつき、目を凝らす。

「……池田先生？」

腕まくりした白衣姿で、一心不乱にブラシを動かしているのは、水泳部顧問だった理科教師、池田だった。


「あのぅ……」

プールサイドに入りこみ、白衣の背中に声をかける。しかし瑞希の声が聞こえないのか、振り向きもせず、足元のタイルをこすっている。

「あのっ！　池田先生ですよね！」

大声で叫んだら、ブラシの動きがピタッと止まった。それからゆっくりと振り返り、ずれた眼鏡を押し上げる。

「君は……」

「瑞希です。早瀬瑞希。元水泳部だった……」

「ああ、覚えてます。瑞希くん、久しぶりですね」

池田が少し頬をゆるめ、瑞希に近づいてくる。ぼさぼさ頭も、ひょろひょろの体も、黒縁眼鏡も、あのころとなんにも変わっていない。

「どうしたんですか、瑞希くん。こんなところに」

「あ、ええと……俺、帰省してたんですけど、これから東京に帰るんです」

肩にかけたバッグを見せると、池田が黙ってうなずいた。

「たしか東京の大学に通っていると聞きました」

「……はい」

「がんばっているんですね」

瑞希はなにも答えなかった。がんばっているつもりはない。大学じゃなくても、東京じゃなくても、どこでもよかった。この町から出ていけるのなら。

「先生は……まだ水泳部の顧問なんですか？」

「はい」

「部員は増えた？」

「部員はいますが、全員幽霊部員ですね」

全員かよ。あいかわらずだな。

この中学校は、必ずどこかの部活に入部しなければならない決まりになっている。でもどこにも入りたくない生徒だっている。そういう生徒は、いくらサボっても怒らない、池田のような顧問のいる部活を選んで、名前だけの部員になるのだ。

瑞希の兄が活躍していたころの水泳部は、そんなことはなかったらしいが。

「活動してないのに、先生が掃除を？」

「はい。今日は綺麗にしたくて、朝からがんばっています」

「なんで？」

首をかしげた瑞希に向かって、池田が答える。

「今夜は特別な夜ですから」

その言葉にはっとした。昨日まで忘れていた記憶が、またよみがえってくる。

『自分の戻りたい過去に、戻ることができるんです。一年に一度、特別な夜だけ、このプールに飛び込めば』

まさか。まさかだよな？

ごくんと唾を飲み込む。蝉の鳴き声が騒がしい。

瑞希は、おそるおそる口を開いた。

「先生……先生は『とっておきの秘密』って、覚えてますか？」

すると、もう一度眼鏡を押し上げた池田が、いつもの飄々とした顔つきで答える。

「タイムスリップの話ですね。もちろん覚えていますよ」

心臓の音が激しくなる。

バカにされているのだろうか。先生からしたら、大学生の瑞希など、まだまだ子どもで。

そんな漫画や映画のような話を、信じると思って……

「あれ、冗談ですよね？」

思わず口にすると、池田が静かに答えた。

「いいえ。冗談ではありません」

「過去に戻れるなんて、ありえない」

「ありえます」

「嘘つかないでよ！」

「嘘ではありません」

言葉を詰まらせた瑞希の前で、池田が言った。

「なぜなら、僕が経験者だからです」

カタンッとデッキブラシが倒れる音がした。ブラシを手放した池田が、「詳しく聞きたいですか？」と瑞希に告げた。

「瑞希くんも知っているとおり、僕はカナヅチですし、スポーツ全般得意ではありません。人づきあいもよくなくて、『どうせ僕は……』が口癖の、冴えない中学生でした」

プールの水面を眺めながら、フェンスに寄りかかり、瑞希は池田の話を聞いていた。

空は青く晴れ渡り、太陽と気温が、じりじりと上昇していくのを感じる。

「そんな僕でしたが、たったひとり、応援してくれる女の子がいました。僕とは違い、スポーツ万能で、友だちもたくさんいる、陸上部の女の子でした」

てっきりタイムスリップの話が始まるのかと思ったのに、池田の口から出たのは、女の子の話だった。

「僕は彼女の応援に応えるよう、がんばりました。苦手な水泳も……まぁ、いまでも苦手ですが、夏休み中は毎日このプールで練習しました。彼女は部活が終わると、太陽のような笑顔で僕を見守ってくれて、やがて僕たちは付き合うようになりました」

「ちょっと待って」

耐え切れず、瑞希は池田の話をさえぎった。

「それ、先生ののろけ話じゃないですか？　俺、先生が過去に戻った話を聞きたいんですけど」

池田はふうっとひとつ息を吐き、額の汗を拭う。

「瑞希くんはせっかちですね」

「いや、突然彼女の話をする先生のほうがおかしいんじゃ……」

　しかし池田は、少しも動じる様子もなく、話を続ける。

「僕たちはうまくいっていました。彼女は僕にとって、太陽のような存在でした。けれどその太陽が、突然僕を照らしてくれなくなったのです」

「え？」

　隣に座る池田を見る。池田が遠い目をしてプールを見つめる。

「交通事故で足を怪我して、彼女は走れなくなりました。陸上選手として活躍する未来を、失ってしまったのです」

　瑞希はなにも言えなくなった。池田は眼鏡を押し上げ、さらに続ける。

「明るかった彼女は、まるでこの世の終わりのように落ち込んでしまい、笑顔を見せることはなくなりました。僕の慰めも励ましも、なんの力にもならなかった。すべてはあの事故のせいだ。そう思ったとき、僕は水泳部顧問の先生に聞いた話を思い出したのです」

「水泳部顧問の先生に？」

「はい。僕がプールで練習しているのを見て、君にだけ特別に『とっておきの秘密』を教えてあげようと……」

　それはきっと、中学二年生のころ、瑞希たちが池田から聞いた話だろう。

「それで先生はやってみたの？」

じれったくなって先を尋ねた。池田の言うとおり、自分はせっかちなのかもしれない。

「はい。まさかそんなことはありえないと思っていましたが、彼女を救うにはこれしかない、僕しかいないと思い、勇気を出して、プールに飛び込んだんです」

泳げないのに……飛び込んだんだ。

「そうしたら？　どうなったの？」

池田の前に身を乗り出す。池田は顔色ひとつ変えずに言う。

「過去に戻ることができました」

「……ほんとに？」

「ほんとです。彼女が事故に遭う、数日前に戻り、なんとか彼女が事故に遭わないように仕向け、見事成功しました」

「マジか……」

じわりと手のひらに汗がにじんだ。喉がカラカラに渇いている。

タイムスリップなんて、ありえない。そんなのは映画や漫画の世界の話だ。

そう思っていたのに……池田のいつもとまったく変わらない声や表情が、やけに真実っぽく聞こえた。

「そのあと先生は、また元の時代に戻ってこられたの？」

「はい。すると僕のいた世界は変わっていました。彼女は怪我をしていなかったし、いつもどおりの明るい彼女のままでした」

「よかった……事故に遭った過去を変えたから、未来も変わったんだ」

なんだか自分のことのようにほっとした。

「けれど」

そんな瑞希に池田は言う。

「そんなうまい話があるはずはないのです。自分の都合で過去を変えるという、とんでもないことを犯したからには、それなりの代償を払わなければなりません」

「代償って？」

「彼女が幸せになる代わりに、僕が不幸せになる、といったところでしょうか」

「……どういうこと？」

池田はプールの向こうの、晴れた空を眺めながら言った。

「彼女は陸上競技で次々と新記録を出し、都会の強豪高校から誘われるようになりました。でも進学するかどうか迷っていたんです」

「どうして？　こんな田舎町にいるより、都会に行ったほうが絶対いいのに」

「それは……この町に僕がいたからです」

息を呑んで、池田の横顔を見つめる。池田の表情は変わらない。

「だから僕は彼女に、別れようと告げました。彼女は僕なんかのために、ここにいてはいけない。未来の夢に向かって、進まなければならないと思ったからです」

池田の言葉が途切れた途端、蝉の声が耳に響いた。日差しはまぶしく、暑い。

「それで……彼女は先生と別れて都会に行ったの？」

「はい。今彼女は、世界で活躍する、トップアスリートです」

そこで初めて、池田がため息のような息を漏らした。なんだかとても寂しそうに。

もしかして池田は、まだ彼女のことを想っているのではと、瑞希は感じた。

「でもそんなの……先生は過去に戻ってまで彼女を助けてあげたのに……先生だって幸せになる権利はあるよ」

瑞希は池田の白衣をつかんだ。

「彼女には話したんですか？　先生が事故を食い止めたこと」

「そんなこと話していません。彼女はなにも知らないのです。僕が過去に戻って未来を変えたことも。彼女を事故から救ったことも」

「どうして？　言えばいいじゃん。先生は彼女にとってのヒーローだよ」

「言いません」

「なんで？」

「今の彼女にとって、怪我をしていた自分なんて、存在しないのです。知らなくていい話です。それに何度も言いますが、過去を変えるなんて、とんでもないこと。彼女にも、誰にも、話していません。なんとかうまくいきましたが、少しでもほころびがあれば、世界の破滅だってありえるのです」

「そんな大げさな……」

だけどSF映画なんかで観たことがある。過去に戻ったら自分に会ってはいけないとか、そもそも過去を変えてはいけないとか。過去を変えたせいで、自分が消滅してしまうとか、世界が滅亡してしまうとか……

「だから僕はこれでいいのです。もし彼女が怪我をしたままだったら、ずっとそばにいられたかもしれませんが……僕はやっぱり、生き生きと活躍する彼女の姿を見たかったんです」

瑞希はなにも言えなくなった。

かすかな音を立て、池田が立ち上がる。そしてデッキブラシを持ち、掃除の続きを始めようとする。

『今夜は特別な夜ですから』

さっき聞いた言葉を思い出す。

今夜が池田の言う、『過去に戻れる日』だというのだろうか？

「池田先生！」

瑞希も立ち上がる。

「今夜プールに飛び込めば……過去に戻れるんですか？」

池田が立ち止まり、ゆっくりと振り返る。

「はい。今夜が『その日』です。ただ、僕はもう戻れません。過去から帰ってきたあと、何度か同じ挑戦をしましたが、二度と戻ることはできませんでした。おそらく人生で一度しか、チャンスはないのでしょう」

「じゃあ……」

心臓がドキドキと高鳴る。額から汗が流れる。

「俺ならできる？」

池田がじっと瑞希を見つめた。やがて静かに口を開く。

「瑞希くんは、東京へ帰るんでしょう？」

そのつもりだった。でも……

「さっきも話したように、過去に戻ったからといって、必ずしも自分が幸せになれるとは限りませんよ」

「でも……戻れば、兄貴は死なないですむかもしれない」

一番近くて、遠い存在だった。なんでもできて、両親からも先生からも近所の人からも褒められて……完璧な人だった。

『そうか、残念だったな』

あれは中学最後の大会の夜。惨敗して帰ってきて、ひとりでいじけていた瑞希に、千尋からの電話がかかってきた。大会の結果を聞かれ、しぶしぶ瑞希は答えたのだ。本当は千尋には、一番伝えたくなかったのだが。

『どうせ俺は、兄ちゃんには勝てないんだよ。水泳も勉強も、なにもかも』

『なに言ってるんだ。瑞希は誰よりも努力してるだろ？』

『努力したって、結果が悪ければ意味ないよ』

すると電話の向こうで、千尋がこう言った。

『そんなことないよ。結果より大事なことだってある。誰よりも努力している瑞希のこと、すごいと思ってる人もいるはずだ』

『そんなやつ……いるはずないじゃん』

イライラして、兄の声をさえぎるように、電話を切ってしまった。

そしてそれが、兄弟最後の会話になってしまったのだ。

「兄貴を助けたい。そしてちゃんと話がしたい」

本当は知っていた。生まれたときから才能があって、数々の栄光を手にしてきたように見える兄も、人知れず努力を重ねてきたってことを。

それを知っていたからこそ、自分も同じように努力すれば、兄と同じ栄光を手にすることができると思っていた。完璧な人になれると信じていた。

ところが努力しても努力しても、兄と同じどころか、近づくことさえできず……それが悔しくて悲しくて、いつしか兄を避けるようになってしまったのだ。

「それに母さんも……昔のような、明るい母さんに戻ってほしい。それに夏帆にも……」

プールサイドで瑞希の名前を呼んでくれたときのように……

「笑ってほしい」

それができるのは、いまここにいる自分だけなのではないだろうか。

「俺が……やる」

まっすぐ前を見て、池田を見つめる。

池田はしばらく黙り込んだあと、静かに口を開いた。

「昔、このあたりには沼がありました」

そう言って、デッキブラシでタイルをコツンッと叩く。

「年に一度の特別な夜、その沼に飛び込むと過去に戻れるという、言い伝えがあったそうです」

急にぞくっと背筋が冷えた。

暗くて深い沼に吸い込まれていく人の姿を想像して怖くなる。

「瑞希くん。今夜は花火大会ですね」

「あ、はい……」

忘れられるわけがない。毎年八月十五日は特別な日だ。

「この町の花火大会は、何百年も前から続いています。そして昔の人は、沼の水面に映る花火に向かって、飛び込んだそうです」

「過去に……戻るために？」

池田がうなずく。

「花火が打ち上がっている間に、戻りたい過去を強く念じて、飛び込むのです。沼がなくなり、もう過去に戻ることはできないと思われていました。でも実は沼の代わりに、このプールが過去への入り口になっていたのです。帰ってくるには、再び花火大会の夜に、プールに飛び込めばいい」

「花火の間か……」

そうすれば、戻りたい過去に戻れる。

急に体が震えてきた。プールを見つめ、その水面に色とりどりの花火が映る様子を思い浮かべる。その中に、飛び込まなければならないのだ。

「大丈夫ですか？　瑞希くん」

池田が心配してくれた。誰から見てもわかるほど、体中が震えていたからだ。

「先生、俺……水が怖くなってしまって」

千尋の事故のあとから、川や海はもちろん、プールや風呂にまで、入るのが怖くなってしまった。あんなに毎日、このプールで泳いでいたというのに。

「無理しなくてもいいんですよ？」

「無理……します」

ここで無理をしなくてどうするんだ。

さっき見た、夏帆の泣き顔。なにもできなかった自分。

もうあんな思いをするのは嫌だ。

千尋を助けて、夏帆の笑顔を取り戻したい。

怖くても、無理でも、やるしかないのだ。

「先生。俺も掃除を手伝います」

池田は瑞希の顔を見つめたあと、黙ってうなずいた。


瑞希はプールサイドに座って、アイスをかじりながらプールの水面を眺めていた。

掃除が終わると池田は、「僕は家に帰るので、もう一度ひとりで、よく考えてください」と言い、「でも瑞希くんなら、きっとできると信じています」と付け加えた。そんな池田に、瑞希は最後にひとつだけ聞いた。

「今夜が『特別な日』ってこと、夏帆は知ってるの？」

『とっておきの秘密』は、夏帆も一緒に聞いていた。夏帆がそれを覚えていれば、池田に詳細を尋ね、自分で飛び込み、過去を変えにいくはずだ。

　すると池田は首を横に振った。

「いえ、あの日からいままで、夏帆さんに詳しい話をしたことはありません。きっと忘れているのでしょう」

　そうだろう。瑞希だって、昨日アイスを買うまで、すっかり忘れていたのだから。

　池田を見送ったあと、瑞希はずっとプールを眺めている。乗ろうと思っていた電車は、とっくに発車してしまった。

　さっきあまりにも喉が渇いて、プールサイドを出て、昨日の商店に行った。店の前のケースから水色のアイスを取り出し、薄暗い店内に入る。

「いらっしゃい」

　店にいたのは夏帆ではなく、おばあさんだった。瑞希はアイスと、ペットボトルのお茶を手に取り、おばあさんに差し出す。

「これ、ください」

「はいはい」

　おばあさんはお金を受け取りながら、じっと瑞希の顔を見た。そして静かに口を開く。

「瑞希くん、あんた……どこへ行くつもりだい？」

「え？」

ドキッと心臓が跳ねる。まさか……これから過去へ行こうと思っていること、おばあさんが気づくはずはない。瑞希はとっさに答える。

「どこって……東京に帰るんです」

おばあさんはなにも言わずに、瑞希の顔を見つめ続けている。

そのとき、池田の言葉を思い出した。

『昔、このあたりには沼がありました。年に一度の特別な夜、その沼に飛び込むと過去に戻れるという、言い伝えがあったそうです』

その話が本当ならば……もしかしたらおばあさんは、過去に戻れる話を知っているのかもしれない。でも沼がなくなったいま、戻ることはできないと思っていた。それなのに瑞希の様子を見て、なにか感づいて……

瑞希はごくんっと唾を飲んだ。強い視線を送ってくるこのおばあさんには、すべてを見透かされているような気がした。

「……そうかい」

やがておばあさんが、ぽつりとつぶやいた。そして瑞希の肩をぽんっと叩く。

「気をつけてな」

おばあさんがどういう意味で言ったのかはわからない。瑞希の気のせいで、本当はなにも知らないのかもしれない。でも……

「はい」

瑞希はそう答えて、店を出た。そしてまたプールサイドに座り込む。

赤い太陽は山の向こうに落ちてゆき、空が夕暮れ色に染まっていく。瑞希は水色のアイスを、シャクッとかじる。

この空が薄暗くなるころ、花火が打ち上がるだろう。そのとき水の中に飛び込めば、過去に戻れるのだ。

瑞希はプールを見つめたまま、ぎゅっとアイスの棒を握る。

そんな話、いまでもまだ、完全には信じていない。でも池田が嘘を言っているようには、見えなかった。

「もし嘘だとしても、死ぬわけじゃないんだし……」

そうだ。崖の上から海に飛び込めと言われたわけじゃない。

プールに飛び込んで、過去に戻れなかったとしても、東京に帰るのが一日遅れたのと、服がびしょ濡れになるくらいだ。

「やるぞ……絶対」

目を強く閉じ、四年前の夏を思い出す。中学の水泳大会があった八月十日。花火大会の五日前。夏帆がここで言ったのだ。

『今年も三人で花火大会行こうよ』

千尋に褒めてもらうため、浴衣まで買ったという夏帆の言葉にいらついて、『行かない』と答えたら、夏帆は言った。

『だったら千尋くんとふたりで行っちゃうよ？』

それでふたりは花火大会に行くことになったのだ。

「念じるのはあの日にしよう」

花火大会当日では、遅すぎるかもしれない。なにが起きるかわからないから、根本的なところから止めなければ。

しばらくすると、空にポンポンッと、音だけの花火が響いた。花火大会がもうじき始まるという合図だ。

瑞希は最後のひと口を口に入れ、手に持った棒を見る。

『あたり』

棒にははっきりそう書かれていた。

「よし」

アイスの棒をフェンスの下に置き、ゆっくりと立ち上がる。

プールの水が揺れていた。空はいつの間にか薄暗くなり、フェンスの向こうの田舎道を、浴衣姿の人たちが歩いていくのが見えた。

花火大会の会場は、この学校のすぐ裏側にある、広い河原だ。プールサイドからも、花火が打ち上がるのがよく見えるだろう。

瑞希は暗い色をした水を見つめる。青空の下では何度も泳いだが、こんな時間に泳いだことはない。

体がまた、ぶるっと震える。

「ほんとにここが、過去への入り口なのか？」

泳いでいたころ、もちろん穴など開いていなかった。おかしな現象が起きたこともない。

瑞希は両手にぎゅっと力を込める。

考えていても仕方ない。もうやるしかないんだ。

震える足を動かし、プールに近づく。毎日のように泳いでいたプールが、今日はまったく違うもののように見える。

まるで瑞希を食べようとしている、怪物の口のような……

「そんなこと考えるな！」

頭を振り、自分で自分を叱りつける。

悲しそうな母の顔に、寂しそうな父の顔。それと……黙って泣いていた夏帆の顔。

『わたしのせいで……千尋くんは死んだんだから』

もう夏帆に、そんなことは言わせない。

ドーン――

頭の上で音が鳴った。はっと顔を上げると、大きな金色の華が一輪、空に開くのが見えた。

「始まった」

足を止め、夜空を見上げる。花火が次々と打ち上がる。

赤、青、緑、紫……空一面に広がる、鮮やかな色。

耳から体に伝わってくる、大きな音。

ぐっと息を呑み、視線を落とす。ゆらゆらと揺れるプールの水面が、色とりどりに、美しく染まっている。

「夏帆……」

『今年も三人で花火大会行こうよ』

ごめん。あのとき「行かない」なんて言って。

本当は行きたかった。夏帆とふたりだけで行きたかったんだ。

でも自信がなかったから。いまだって、千尋に勝てるとは思っていない。

だから夏帆が毎年、千尋と花火大会に行けるように。朝顔の柄の浴衣を着て、笑顔で、千尋の隣を歩けるように。

「俺が、過去を変えてみせる」

タイルを蹴って、勢いよく走った。
花火の音が響く中、七色に染まる水の中にダイブする。
バッシャン――
水しぶきを上げて、瑞希の体が水中に吸い込まれていく。
水……つめてぇ……
ぼんやりと薄れる意識の中、瑞希はただ、そんなことだけを感じていた。

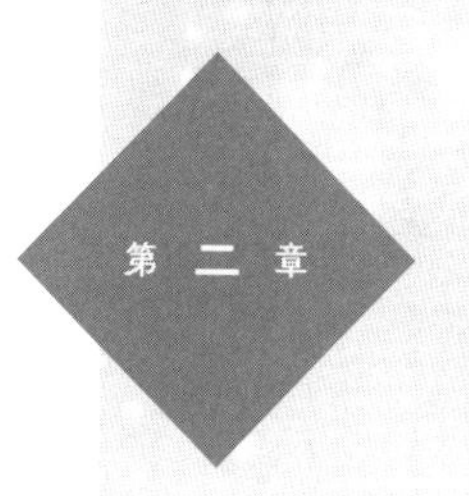

過去を変えるために

「……ずき。みずき」

誰かが呼んでいる。ああ、この声は、夏帆の声だ。

目を開けると、澄んだ青い色が広がっていた。ここは……水の中？

「みーずき！」

声がするほうへ顔を向ける。頭上から明るい光が降り注いでいる。

行かなきゃ……

漏れた息が泡となり、目の前に広がる。力強く水をかき分け、足で蹴る。ふっと体が浮かび上がり、また水をかく。

光の差す水面と、夏帆の声に向かって、瑞希は必死に体を動かした。


「ぷはっ……」

水しぶきを上げて、水中から顔を出す。

肌を刺すような、強い日差し。キラキラと、光り輝く水面。耳に響く、騒がしい蝉の声。

「ここは……」

中学校のプールだ。ついさっき、瑞希が飛び込んだ……でも違う。花火が鳴り響く夜、真っ暗な水の中に飛び込んだはずなのに、いまは真夏の太陽がこれでもかというくらいに輝いている。

「まさか……」

心臓がドキドキと高鳴った。足がついていることを確認し、おそるおそる水をかき分け、プールサイドへ上がる。

髪も顔も着ていた服も、なにもかもがびしょ濡れだ。ものすごい長距離を泳いだときのように、体がだるい。

「過去に……戻ったとか？」

キンッと金属バットの音が響いた。フェンスの向こうのグラウンドで、野球部が練習をしている。

「……夢じゃないよな？」

濡れた手で、濡れた顔をごしごしとこする。

夢でないのなら、本当に過去に戻れたのだろうか。いまは何年の何月何日なんだろう。

はっと気づいて、ジーンズのポケットに手を突っ込んでみたが、なにも入っていない。

飛び込む前に、スマホも財布も全部プールサイドに置いてきてしまったのだ。

「やばい。とりあえず俺、どうしたらいいんだ？」

びしょ濡れの姿のまま、誰もいないプールサイドを歩き回る。

まずはここが、本当に過去の世界なのか調べなければ。

それにもしタイムスリップできていたとしても、どうやって過去を変えるのか、なにも計画していなかったことに気づく。

『少しでもほころびがあれば、世界の破滅だってありえるのです』

そういえば池田はそんなことを言っていた。自分の行動次第で、未来がとんでもない方向へ変わってしまうことだってありえるのだ。

「池田先生を捜そう」

タイムスリップの秘密は、誰にも話してはいけない。そもそも信じてくれないだろう。でも池田先生なら経験者だし、瑞希が未来から来たと言っても、きっと信じてくれるはずだ。

瑞希は誰もいないプールサイドを出て、校舎に向かってこそこそと進んだ。


グラウンド側から、一階にある職員室をのぞいてみる。

中は閑散としていた。おそらく夏休み期間なのだと推測する。

黒板に、今月の予定と、今日の日付が書いてある。

「八月十日……」

瑞希がプールに飛び込んだのは、町の花火大会の夜。八月十五日だったのに……

視線を移すと、黒板の横に貼ってある、カレンダーが見えた。

「……マジか」

つい声が漏れる。

いまは二〇二三年のはずだ。それなのにカレンダーは、四年前の『二〇一九年』のものだった。

「ほんとに……過去に来たんだ」

ホッとしたような、とんでもないことをしてしまったような、真逆の気持ちがぶつかり合って、気分が悪くなってきた。

「い、池田先生は？」

職員室の先生に見つからないよう、きょろきょろ見まわしてみるが、池田の姿は見えない。

「学校には来てないのか……」

だったら家に押しかけるしかない。

池田の家は知っていた。瑞希の家と中学校の中間にあるアパートだそうで、前に夏帆が教えてくれたのだ。行ったことはないけれど。

「とにかく行かなきゃ」

こんなびしょ濡れの姿で学校の敷地内にいたら、不審者扱いされてしまう。

誰にも会わないように気をつけつつ、田畑に囲まれた田舎道を歩く。

しばらくすると、あの商店が見えてきた。店の前にはアイスのケースがあり、その隣の古いベンチに誰かが座っている。

ショートヘアの髪に、見慣れたTシャツとショートパンツ。あれは……

「夏帆」

思わず声を漏らしてしまった。ベンチに腰掛け、うつむいていた女の子が顔を上げる。

まずい。自分を知っている過去の人間に会ってはいけなかったんだ。成長した瑞希を見たら、きっと夏帆はパニックになる。早くここから立ち去らないと……

そう思ったのに、瑞希は動けなくなっていた。こっちを見ている夏帆が、いまにも泣き出しそうな顔をしていたから。

「どうして……」

夏帆は泣かない子だった。小さいころから、どんなことがあっても、決して泣くことはなかった。だから最後に見た、夏帆の泣き顔が頭にこびりついていて……

やがて目の前の夏帆が、目を見開いた。そしてごしごしと目をこすり、もう一度、瑞希の顔を凝視する。

その視線にますます動けなくなっていると、夏帆がぱあっと花開くように笑った。

「千尋くん！」

「え？」

ベンチから立ち上がった夏帆が、勢いよく駆け寄ってくる。

「千尋くん、久しぶり！　どうしたの？　花火の日に帰ってくるんじゃなかったの？」

嘘だろ？　こいつ、俺を千尋と間違えてる？

たしかにこのころの夏帆は、しばらく千尋に会っていなかった。千尋は受験で忙しかったし、大学が決まると引っ越しの準備に追われ、大学生になってからは一度もこの町に帰っていなかった。

それに夏帆の知っている瑞希は、中学生の瑞希だけだ。でも自分は、もう四年成長している。成長するにつれ、「千尋くんに似てきた」と言われることも多くなってきた。

いや、だからといって、あんなに「千尋くん、千尋くん」と騒いでいた、大好きな幼なじみの顔を、弟と間違えるか？

頭の中が混乱している瑞希の前で、夏帆が不思議そうに首をかしげる。

「それに千尋くん、びしょ濡れじゃない。プールで泳いでたの？」

「えっ、ま、まさか、服のまま泳ぐはずないだろ？」

夏帆がぷっと噴き出し、けらけらと声を立てて笑い始めた。

「やだぁ、千尋くんってば、おかしー！　冗談に決まってるでしょ！」

心からおかしそうに笑っている夏帆の姿に、涙が出そうになった。

そうだ。夏帆はこんなふうに、明るく笑う女の子なんだ。

「千尋くん、さっきの雨で濡れたんでしょ？　突然の土砂降り、すごかったもんね。すぐにまた晴れたけど。あたしここで雨宿りしてたんだ」

そういえば、夏帆に花火大会に誘われ、「行かない」と断り、「大っ嫌い」と言われたあの日。帰り道で激しい夕立にあったんだ。

ということは、ここにいる夏帆は、プールサイドで中学生の瑞希とケンカして別れたあとということか。

じゃあ、さっき夏帆が泣きそうな顔をしていたのは、なんだったんだろう。

「はい、これ。よかったら使って」

夏帆が背中のリュックから、タオルを取り出した。瑞希が戸惑っていると、夏帆が笑いながら言う。

「大丈夫だよ、これは使ってないから。タオルはいっぱい持ってるの。前に瑞希のバカがタオル忘れたことがあって、それからプールに行くときは持ち歩いてるんだ」

「……瑞希のバカ？」

「そう、瑞希のバカ」

悪びれた様子もなく、にこにこ笑いながら夏帆が繰り返す。

「でも今日はあいつ、タオル忘れてなかったみたいだから。はい。よかったら、千尋くん使って」

「……うん」

夏帆の手から、タオルを受け取る。そっと顔を拭いたら、柔軟剤のいい香りがした。

夏帆が自分のために、タオルを用意してくれていたなんて……知らなかった。

「で、千尋くん、どうしてここにいるの？　早めに帰ってこられたの？」

夏帆が顔をのぞき込んでくる。瑞希はとっさにタオルで顔を隠す。

「ああ、そうだよ。急にバイトが休みになって……」

すらすら嘘が出てくる自分が、信じられなかった。

「そうだったんだ！　花火大会までいられるんでしょ？」

「う、うん」

「じゃあさ、千尋くん！」

夏帆が瞳を輝かせながら、瑞希に言う。

「あたしとふたりで花火大会に行かない？」

胸にちくりとなにかが刺さった。

ああ、やっぱり。夏帆は千尋とふたりで行くつもりなんだ。

「だってさ、聞いてよ、千尋くん。さっき瑞希を誘ったら『行かない』なんて言うんだよ？　ひどくない？　毎年三人で行ってたのに」

夏帆がわかりやすく口をとがらせる。

「だからあんなバカほっといて、ふたりで行こうよ」

瑞希は夏帆の顔を見た。夏帆がにこっと微笑む。気のせいかその頬が、ほんのり赤い。

瑞希はぎゅっと両手を握った。

断らなきゃ。夏帆と千尋は花火大会に行ってはいけないんだ。

いや、いま夏帆が誘っている千尋は千尋じゃないけど。あれ、じゃあもしここで千尋がOKしたら、俺が死ぬのか？

頭の中をいろんな想いが駆け巡る。

「千尋くん……あたしとふたりだけじゃ……やっぱりだめかな？」

夏帆が瑞希の顔をのぞき込んできた。心臓が跳ねる。

夏帆とふたりで花火に……それは瑞希がずっと願っていたことだ。

でも夏帆が誘っているのは、瑞希ではなく千尋で。だけどいま、千尋は瑞希で……

ますますパニックになり、瑞希は夏帆に答えていた。

「いいよ」

夏帆の顔が、ぱあっとまぶしい笑顔になる。

ああ、こんな太陽みたいな笑顔を、もう一度見たかったんだ。

「やったー！　ありがとう、千尋くん！　うれしー！」

ぴょんぴょん飛び跳ねている夏帆を見て、複雑な気持ちになる。

なんで「いいよ」なんて言ってしまったんだろう。こんな嘘、すぐバレるに決まっているのに。

「ね、千尋くん。ついでにもうひとつ、お願いがあるんだけど」

「お願い？」

「うん、実はあたし、宿題にまだ全然手をつけてなくてさ」

「は？」

たしかこの夏、言ってたよな？　宿題はもう終わったって。

「でも瑞希の前では終わったなんて言っちゃって。だから、お願い！　明日から瑞希に内緒で、宿題教えてくれない？」

なんだよ、それ。俺に内緒でそんなこと……

だけど瑞希は言ってしまうのだ。

「わかった」

「やったー！」

また夏帆が飛び跳ねる。この笑顔がどうしても見たくて。

「そのかわり、瑞希には絶対言うなよ。俺に会ったことも」

中学生の瑞希にバレるわけにはいかない。千尋はまだ東京にいるはずなのだから。

「言わない。ふたりだけの秘密ね？」

夏帆が小指を出してきた。

瑞希が戸惑っていると「指切りしよう」と、にっこり微笑んだ。

瑞希がそっと指を差し出す。そして夏帆の小さな小指に、自分の小指を絡ませる。

「ゆーびきりげーんまん、嘘ついたら針千本のーます！」

夏帆は小さなころから、こうやってすぐ、瑞希に指切りを迫ってきた。夏帆とは一体、どれだけたくさんの約束をしたのだろう。

それなのにもう、十九歳の夏帆とは、言葉さえ交わすことができない。

すべてはこの夏のせいだ。

「ゆーびきった！」

子どもみたいにはしゃいで、夏帆が指を離す。あたたかいぬくもりが、瑞希の指から消えていく。

「ありがとう。千尋くん」

あんなに見たかった夏帆の笑顔に、胸が痛くなる。

「……こっちこそ、ありがとう」

そう言いながら、瑞希は必死に涙をこらえていた。

「こんなものしかありませんが……よかったらどうぞ」

そう言って、瑞希の前にカップラーメンを差し出すのは、理科教師の池田だった。

目の前に置かれたカップラーメンを見下ろした途端、お腹がぐうっと音を立てる。一体いつから食事をしていなかったのか、もうわからなくなっていた。

「あの……急に押しかけて、食事まで……すみません」

「いいんですよ。どうぞ食べてください」

「いただきます！」

遠慮よりも空腹が勝ってしまった瑞希は、さっそく割り箸を割り、ラーメンを口に入れた。真夏に食べるカップラーメンを、こんなにおいしいと思ったのは初めてだ。

「つまり……四年後の瑞希くんが、四年後の僕からタイムスリップの方法を聞き、この時代にやってきた、というわけですね」

「はい……そうです」

ここは池田のアパート。夏帆と別れたあと、ここを訪れ、部屋にいた池田に、簡単に事情を話した。

池田は一瞬驚いた顔をしたけれど、すぐに理解してくれたようで、瑞希を部屋に入れてくれたのだ。

「瑞希くんには、危険を冒してまで変えてしまいたい過去があったということですね」

「はい」

一気に半分くらいラーメンをかき込んだあと、瑞希は箸を置いて、姿勢を正した。

「それでっ、俺が花火大会の日に、元いた世界に帰るまでの間、先生の家にかくまってもらえないでしょうか？」

池田はじっと瑞希を見つめた。それから眼鏡のフレームをくいっと押し上げ、答えた。

「仕方ないですね。瑞希くんの家に帰るわけにはいかないですし。本人や家族に会ってしまったら、みんなパニックになってしまいます」

「ですよね」

「それに、瑞希くんを知る人間にも、会ってはいけません。瑞希くんと出会うことで、その人の未来が変わってしまうかもしれないので」

「あ、えっと……」

瑞希は困ったように頭をかきながらつぶやく。

「実はもう、夏帆に会ってしまって……」

「夏帆さんに会ったんですか？」

池田が目を丸くして、身を乗り出してくる。

「あ、でも夏帆は俺のこと、兄貴と間違えてるみたいで……ははっ、あいつほんとバカですよねー」

「じゃあなんとかごまかせたんですね。これ以上、接触しないほうがいいです」

「あ、いや、明日、宿題を教える約束をしてしまいました」

「は？」

めずらしく池田が、あきれ果てたような声を出す。

「どうしてそんなことを……このままずっと、お兄さんのふりをするつもりですか？」

「まぁ、そうなるかもしれません」

「本物のお兄さんに会ったらどうするんです？」

「兄貴はいま、東京にいて、花火大会の日までこの町に帰ってこないはずです」

「しかしあとで夏帆さんがお兄さんに会ったら、つじつまが合わなくなります」

「そのときは先生に、なんとかフォローしてもらおうかと……」

苦笑いしてから、瑞希は続ける。

「それに過去を変えるために、夏帆は重要人物なので、そばにいたほうがいいんです」

これはいま思いついた言いわけなんだけど。

池田はあきれたように、ため息をつく。

「瑞希くんの未来になにがあって、なにをしようとしているのかわかりませんが、綿密な計画は立ててきたんでしょうね？」

「それが……急にタイムスリップすることを決めたので、なにも考えてなくて」

「はぁ？」

池田がまた声を上げた。いつもぼうっとしていて、無表情のくせに、今日は表情の変化が激しい。

「君はなんという無鉄砲な……ああ、きっと未来の僕がいけなかったんでしょうね。タイムスリップは、遊び半分でやるものではありません。過去を変えるということは、それ相応の覚悟が必要なのです」

池田の言葉に、瑞希は膝の上の両手をぎゅっと握りしめた。

「わかってます。遊び半分で来たんじゃありません。俺は……絶対変えたい過去があって、ここへ来ました」

瑞希が真剣な顔つきで、池田を見つめる。

「未来の先生から、それなりの代償を払わなければならないことも聞きました。それでも俺は、過去を変えたい」

池田はもう一度、ため息をつくと、瑞希に尋ねた。

「瑞希くんの変えたい過去というのを、教えてもらってもよいですか？　納得できるものならば、僕も協力しましょう」

瑞希は一旦唇を噛むと、過去に来た理由を話し始めた。

この年の花火大会の日、兄の千尋が亡くなってしまうこと。

兄のいなくなった家庭は、すっかり変わってしまったこと。

自分を責め、夏帆が笑顔を見せなくなったこと。

「俺、千尋に生きてててほしいんです。母さんと父さんにも、元のように明るくなってほしい。それに夏帆にも……」

さっき見た、夏帆の笑顔が頭によみがえる。

「このままずっと、笑っててほしいんです」

黙って話を聞いていた池田が、ぽつりとつぶやく。

「たしかに千尋くんの事故を止めれば、彼はもちろん、ご家族も、夏帆さんも、苦しまなくてすむでしょう。ただそれによって、瑞希くんが幸せになれるとは限りません。自分に都合のよいことだけしておいて、すべてうまくいくはずはないのです」

「わかってます」

中学生の夏帆が、嬉しそうに「新しい浴衣を買った」と話していたことを思い出す。

「千尋が無事なら……夏帆は千尋と付き合うかもしれない。いや、付き合ったほうがいい」

悔しいけど、千尋は誰が見ても完璧な人間で、この先ずっと、瑞希が超えられることはないだろう。だったら夏帆は、千尋と付き合ったほうが、絶対幸せになれる。

「いいんですか？　それで」

静かな部屋の中に、池田の声が響く。

「……それでいいんです。夏帆の笑顔を取り戻せるなら」

しばらくの沈黙のあと、池田が瑞希に言った。

「わかりました。花火大会の日まで、この部屋で寝泊まりしてけっこうです。食事も用意しましょう。カップラーメンくらいしか出せませんが」

「ありがとうございます！　十分です！」

正座したまま、畳につくほど頭を下げた。それからふっと気がついて、池田に尋ねる。

「先生は……一人暮らしなんですよね？」

古いアパートの部屋には、本がぎっしり詰まった本棚と、小さな机があるだけで、そのほかはものがあまりない。

池田以外の誰かが住んでいる気配はないが、一応聞いておかないと。

「ひとりですが、なにか？」

「いえ、彼女とかいたら悪いかなって思って」

「そんな人はいません」

そう言い放った池田を見ながら、瑞希は思う。

もしかして先生は、好きだった彼女と別れてから、ずっとひとりで過ごしているのだろうか。

このあとの四年間も、そのあともずっと……ひとりで過ごしていくつもりなのだろうか……

池田がこほんと咳払いをし、瑞希に言う。

「食事を中断してしまい、すみません。早く食べないと、ラーメンが伸びてしまいますよ」

「あ、はいっ！」

瑞希はまた箸を手に取ると、四年後の池田の顔を思い出しながら、冷めてしまったラーメンを勢いよくかき込んだ。

◇

「……くん。瑞希くん」

「うーん……」

誰かの声を聞きながら、寝返りを打つ。すごく眠くて、体が重い。

「僕は学校に行ってきます。食パンを置いておきますから、食べてください」

学校？　食パン？

はっと目を開け、起き上がる。見たこともない部屋。ここは……

「先生！」

そうだ。昨日、タイムスリップしたのだ。あれは夢じゃなかった。だってここは池田先生のアパート。

玄関のドアを開けた池田が振り返る。瑞希は布団の上から声を出す。

「い、いってらっしゃい」

すると池田が、子どもに言い聞かせるように言った。

「いいですか、瑞希くん。夏帆さん以外の人間に、接触してはだめですよ。未来がどんなふうに変わってしまうか、わからないですから。瑞希くんのやるべきことは、お兄さんの事故を阻止すること。それ以外、余計なことをしてはいけません」

「わ、わかりました」

「では、いってきます」

パタンッとドアが閉まり、瑞希はふうっとため息をつく。そして這うようにして机に向かい、食パンをそのままかじる。

池田がいて助かった。というか、池田がいなければ、この世界に来ることもなかった。なんとしても、千尋の事故を阻止しなければ。

そこでふと、昨日のことを思い出す。

『あたしとふたりで花火大会に行かない?』

『いいよ』

そういえば、夏帆とふたりで花火大会に行くことをＯＫしてしまったのだった。

「……どうしよう」

池田の『君はなんという無鉄砲な』という声が聞こえてくるような気がして、瑞希は頭を抱えた。


午前中、池田の部屋でパンを食べながら、これからの作戦を練っていたら、あっという間に午後一時近くになっていた。

もうすぐ夏帆との待ち合わせ時間だ。夏帆とは今日、町の図書館で会って、勉強を教えることになっていた。

「勉強かぁ……まぁ、中学生の問題なら大丈夫だろう」

そんなことを考えつつ、池田に貸してもらった部屋着から、昨日洗濯して乾いた服に着替え、アパートを出る。

外は真夏の太陽がぎらぎらと照りつけていて、蝉の鳴き声が、これでもかというほど、あたりに響いていた。

中学校の前を通りすぎ、駅の方向へ向かって歩く。土手の向こうに大きな川が流れているが、そっちを見ないようにして進む。

やがていくつかの建物が見えてきて、その中に、町営の小さな図書館があった。

瑞希は流れてきた汗を拭いながら、冷房の効いた館内へ入る。するとすぐに、聞き慣れた声が聞こえてきた。

「千尋くん!」

駆け寄ってきたのは夏帆だった。お気に入りのTシャツにショートパンツ、肩には重たそうなトートバッグをかけている。

「よかった! 来てくれなかったらどうしようかと思った!」

夏帆の笑顔が目の前に広がって、胸がいっぱいになる。

「……来るよ。約束しただろ?」

「うん! ありがとう」

満面の笑みでそう言われ、ちくりと胸が痛む。

ありがとうなんて、言われる筋合いはない。夏帆が約束したのは千尋ではなく、瑞希なのだから。

「瑞希には……バレてないよね?」

ちょっと心配そうに声をひそめる夏帆。

中学生の瑞希は今朝、名古屋の祖母の家に行ったはずだ。夏帆とケンカをして、ふてくされて……そしてこの町に戻ってきたときには、もう千尋はいなくなっていた。

瑞希はぎゅっと手のひらを握りしめる。

「ああ、バレてないよ」

「よかった！　瑞希にバレないうちに、宿題終わらせなくちゃ」

すると夏帆の手が、瑞希の腕をつかんだ。

「あっちでやろう。千尋くん」

夏帆が誘っているのは千尋なのに……心臓がドキドキと暴れ出す。

「う、うん」

「頼りにしてるよ！　千尋くん！」

そう言って振り向いた夏帆が、瑞希を見てにっこり笑った。


夏休みの昼下がり。図書館の席に並んで座り、夏帆と一緒に問題を解く。こんな口が再び訪れるなんて、思ってもみなかった。

「で、宿題のわからないところって？」

「うん、数学なんだけどね……」

夏帆が数学のワークを開く。ずらりと並んだ数字をちらっと眺め、瑞希は思う。

数学か……一番苦手なんだよな……俺、文系だし。

「平方根の問題がよくわかんなくて……」

「平方根？」

「千尋くん、数学得意でしょ？　だから教えてほしいの」

「あ、ああ。どれ？」

「ここの問三。どうやって解けばいいの？」

夏帆が問題を指で差す。瑞希は考えているふりをしながら、内心あせっていた。

最後に数学の問題を解いたのって、いつだっけ？　高二で理系と文系に分かれる前だから、もう二年以上前だ。

中学生の問題だから余裕だと思っていたけれど、すっかり忘れてしまっている。

「えっと……む、難しいね」

「千尋くんでも難しいんだ！」

いや、おそらく本物の千尋だったら、簡単に解けるだろう。千尋は常に学年上位の成績だった。

だけど自分は千尋ではない。

どうせ千尋には、敵いっこない……

そう考えてはっとする。ワークの上で、ぎゅっと手を握りしめる。

だめだ、だめだ。そんな弱気でどうする。

過去を変えるんだろ？　千尋を助けるんだろ？　それで夏帆を……

隣にいる夏帆をちらりと見る。目が合って、にこっと笑う顔が、子どもっぽくて微笑ましい。この笑顔を、ずっと見ていたいから……

「ごめん。ちょっと考える時間をくれないか？」

「え、う、うん。どうぞ」

夏帆が戸惑いながら、ワークを瑞希に差し出す。

「じっくり考えるから。夏帆はこっちの問題を解いてみて？」

「うん。わかった」

夏帆が他の問題に取り組んでいるうちに、真剣に問題と向かい合う。

いつもだったらあきらめていた。どうせ俺には無理だ。千尋とは違うんだと、文句ばかり言って。

でもそれじゃ、なにも変わらない。

瑞希は池田から借りてきたシャーペンを取り出し、もう一度問題を読む。

とっさに千尋のふりをして、安易に宿題を教えてあげるなんて言ってしまったけれど……ちゃんと考えなければ。

数学の問題も。事故を阻止する方法も。ちゃんと考えて、自分の力で過去を変えなければいけないんだ。

瑞希は気合を入れて、シャーペンを強く握りしめた。そんな姿を、夏帆は少し不思議そうに眺めていた。

「今日はありがとう、千尋くん！　やっぱり千尋くんは頼りになるね！」

数学の宿題に取り組んだふたりは、夕方そろって図書館をあとにした。満足そうな夏帆の隣で、瑞希はほっと息を吐く。

こんなに真剣に勉強をしたのは、受験勉強以来かもしれない。久しぶりに脳をフル回転させて、疲れ果てた。

大学の講義を、どれだけいい加減に受けていたかが、よくわかる。

でも誰かになにかを教えて、喜んでもらえることがこんなに嬉しいなんて、初めて知った。

「どういたしまして。俺でよかったら、また頼りにしてよ」

「だったら明日もお願いしたいな。英語が全然わかんないの」

夏帆がかわい子ぶって、「てへっ」と舌を出す。

そういえばこいつ、数学より英語の点数のほうが、はるかにヤバかったっけ。

「え、英語ね……」

「いい？　明日もお願いしても？」

夏帆がちょっと心配そうに尋ねてくる。

「わ、わかった。いいよ」

「やったー！　ありがとう、千尋くん！　あ、瑞希には内緒だからね！」

嬉しそうに飛び跳ねる夏帆を見て、また胸が痛む。

夏帆が頼りにしているのは瑞希じゃない。千尋なのだから。


「それでまた明日も、夏帆さんと会う約束をしてしまったのですね？」

「……はい」

「しかもふたりで花火大会に行く約束までしてしまったなんて……」

「すみません……」

池田が作ってくれたカップラーメンを食べながら、瑞希は肩をすくめる。

食費を払えず申し訳ないが、財布は持ってこなかった。この世界では一文無しなのだ。

四年後に戻ったとき、池田にいくらか払うことにしよう。

「あ、でも、このまま夏帆の気をそらして、花火大会に行かずにすめば、事故は起こらないわけで……」

「そううまくいきますかね？」

池田がため息まじりにつぶやいた。

「重大な過去を変えるのは、そう簡単なことではありません。たとえば四年前の今日、朝ご飯にパンを食べたはずだったのを、ご飯に変えるくらいなら、簡単にできます。未来への影響もさほどないでしょう。でも『千尋くんと夏帆さんがふたりで花火大会に行く』という出来事は、ふたりにとってかなり重要な出来事のはずなので、そう簡単には変えられないのです」

「え、そういうもんなんですか？」

「僕が過去に戻ったときもそうでした。たとえば夏帆さんの『千尋くんと花火大会に行きたい』という気持ちが強ければ強いほど、その出来事を無理やり変えるのは、難しくなるのです」

「……そんなこと、四年後の池田先生は教えてくれなかったです」

「……申し訳ない」

ふたりの間に、沈黙が流れる。

つまり、人の気持ちを変えるのは、かなり難しいということか。だったら夏帆の気持ちは変えられないかもしれない。

『実はもう買ってあるんだ。紺色の生地に白と紫の朝顔柄の、ちょっと大人っぽいやつ』

夏帆は千尋と花火大会に行くことを、とても楽しみにしている。

新しい浴衣まで用意して。

だったらどう小細工しても、夏帆は千尋と花火大会に行くことになってしまうのかもしれない。そうしたら夏帆は川に落ちて、そして――

瑞希はぶるぶるっと首を横に振った。

たとえ花火大会に行ったとしても、夏帆が川に落ちなければいいのだ。そのときの状況も、場所もわかっている。わかっているから避けることができる。

できるだけ事故現場には近づかず、川から離れて見るとか、安全な場所から見ればいい。

そして早めに切り上げて、夏帆を家に送り届け、花火が終わる前に四年後の世界に帰るのだ。

その後、夏帆が本物の千尋に会ったら、話が合わなくなるだろうが、それはそれ。とにかく千尋が死ななければ、ふたりの未来は続くのだ。

「大丈夫ですか？　瑞希くん」

黙り込んだ瑞希を、池田が心配そうにのぞき込む。

「大丈夫です」

「ではとりあえず……ラーメンを食べましょう。伸びてしまいます」

「はい」

池田とラーメンをすすりながら、瑞希は聞く。

「先生。いつもカップラーメンばかり食べてるんですか？」

池田が箸を止めて、瑞希を見る。瑞希はあわてて池田に言う。

「あ、いや、カップラーメンが嫌だとか、そういうんじゃなくて……」

「僕は自炊が苦手なんです。一応炊飯器も包丁もフライパンもあるんですが……ほとんど作ったことがなくて……」

「だったら僕が作りましょうか？」

池田が驚いた顔で瑞希を見ている。

「一応、東京のアパートで自炊してるんで。材料とか買うお金、持ってないですけど」

「では食費を置いておきます。明日買い物に行って、食事の支度をお願いします」

「え、ほんとにいいんですか？」

「はい。瑞希くんの作った料理、楽しみにしています」

表情の乏しい池田が、めずらしく微笑む。

その表情を見たら、瑞希もなんだか嬉しくなった。

◇

翌日も図書館で夏帆と勉強をした。中学生の英語の問題を解くのも、また苦戦してしまったが、それよりも夏帆に理解させるのが、さらに難しかった。

「だからここは現在完了形だから……」

「現在完了形ってなんだっけ？」

「一学期に勉強したんだろ？」

「忘れちゃった」

また夏帆が「てへっ」と笑う。

かわい子ぶりやがって。千尋をごまかせても、俺はごまかせないぞ。

「じゃあこっちのページから、もう一度やり直しな」

「ええっ、こんなに？」

「最初から俺が教えるから」

するとこっちを向いた夏帆と目が合った。じっと見つめられ、不覚にもドキッとしてしまう。

「ありがとう。やっぱり頼りになるね、千尋くんは」

「……どういたしまして」

頼りになるなんて……いままで一度も、言ってもらったことないのに。

夏帆に勉強を教えながら、瑞希はふと千尋のことを思い出した。

夏休みになるとこんなふうに、自分も宿題を教えてもらったことがあったからだ。

千尋からすれば、あまり出来のよくない弟だったと思う。だけど嫌な顔ひとつせず、根気よくわかるまで教えてくれた。

それなのにあのころは、ちっともありがたいとは感じていなくて。兄のようになれない自分が、情けなくて仕方なかった。

いま思えば、もっといろんなことを、教えてもらえばよかった。

もっと素直になって、たくさん話せばよかった。

「千尋くん？」

ぎゅっとシャーペンを握りしめた瑞希の顔を、夏帆がのぞき込んでくる。

「どうかしたの？」

「いや、なんでもない」

過去を変えて兄に会えたら……今度は素直に「ありがとう」と言えるだろうか。

勉強を終え、図書館を出るころには、夕暮れになっていた。夕陽を背中に浴びながら、歩き慣れた道を、ふたりで歩く。

結局明日も、夏帆の宿題をみる約束をしてしまった。でもそれを、ちょっと楽しみにしている自分がいる。

人に勉強を教えること、意外と好きなのかもしれない。

「千尋くん」

「うん？」

夏帆が前を見ながら、少し笑って言う。

「花火大会、もうすぐだね？」

瑞希は夏帆の横顔を見つめる。

「すっごく楽しみだなー」

「夏帆……」

『今年はさ、あたし浴衣着ようと思うんだよね』

夏帆の言葉を思い出す。きっともう浴衣を用意しているのだろう。

だけど浴衣はやめたほうがいい。夏帆は慣れない下駄で足を滑らせ、川に落ちたのだ。

そう言おうと思ったのに、言葉がうまく出てこない。

『だって……千尋くんに綺麗になったねって、褒められたいじゃん？』

あんなに楽しみにしていた夏帆を、知っているから。

「どうしたの？　千尋くん」

「いや……花火は……家の近くから見ようか？」

「えー、あたしいつもの場所で見たい！　毎年三人で行く、あの秘密の場所がいい！」

秘密の場所――そうなのだ。毎年花火を見るのは、三人だけの秘密の場所と決まっている。だけどあの場所で、千尋は命を落とした。

「なんでそんなこと言うの？　瑞希は行かないって言うし、千尋くんまで……」

　夏帆が悲しそうな表情をする。瑞希はなにも言えなくなってしまう。

　そのとき、後ろから声がかかった。

「あれ、夏帆じゃね？」

　聞き覚えのある声。

　まさかと思って振り向くと、そこには自転車に乗った、男子二人組の姿が。

　日に焼けた坊主頭の男と、前髪が目にかかるほど長い、ちょっと薄暗い男……

「修吾！　忍！」

　思わず声に出してしまい、あわてて両手で口をふさぐ。ふたりがちょっと不思議そうに首をかしげる。

　もしかしてバレた？　俺が四年後の瑞希だってこと。

「千尋くんだよ。瑞希のお兄さんの」

　そんなふたりに夏帆が声をかけた。

「え、千尋くん？　久しぶりっす」

「たしか大学受かって、東京行ったんですよね？」

「あ、ああ。でも夏休みだから帰ってきてるんだ」

ふたりが納得したようにうなずいた。

助かった。こいつらも千尋だと思い込んでる。それにしても、兄貴と俺って、そんなに似てたのか？

「でもなんで夏帆と？」

修吾の声に、夏帆があわてて言った。

「お願いっ！　あたしが千尋くんといたことは、瑞希に言わないで！」

修吾と忍が顔を見合わせる。

「べつにいいけど……」

「絶対、言っちゃだめだよ！　あたしが千尋くんに宿題教えてもらってたって！」

「なんだ。瑞希に内緒で、千尋くんに宿題教えてもらってたんだ」

忍の声に、夏帆があわてたように口に手を当てる。

「でも瑞希、いまいないんですよね？　急におばあちゃんちに行くことになったとか……」

修吾に言われ、はっとする。そういえば名古屋の祖母の家に行くこと、修吾たちには伝えてあったのだ。

「あ、ああ、そうなんだ。あいつだけ一足先に、祖母の家に行ってて」

「えっ、なんだ、そうだったの？　それを早く言ってよ、千尋くん」

けらけらと笑い出す夏帆を見て、はあっと息を吐く。すると突然、修吾が言った。

「千尋くん、よかったらこれからうちに来ません？　忍とラーメン食おうって、言ってたとこなんです」

「え、ラーメン？」

突然お腹がぐうっと鳴る。そういえば今日は朝から、残り物の食パンを一枚、食べただけだった。

「じゃあ、あたしも行くー！」

「夏帆は誘ってねぇって」

「ひどい！　ねぇ、千尋くん、行こうよ！」

今夜は買い物をして帰って、池田のために夕飯を作るつもりだった。それにラーメン屋に行ったら、修吾の親にも会ってしまうわけで……でも……

「うん。じゃあ行こうかな」

大盛りのもろずみラーメンが頭にちらつき、そう言ってしまった。修吾の親に会っても、このまま千尋になりきって、やりすごせばいい。

「じゃあ、行きましょう」

「仕方ねぇ、夏帆も来ていいぞ」

「なにそれ、偉そうに！　千尋くん、なんとか言ってやってよ、こいつらに！」

文句を言っている夏帆に、げらげら笑っている修吾。その隣で忍がすましている。

なんだか懐かしいな。中学生のころはこの中に、瑞希もいたのだ。

「千尋くん？」

忍に声をかけられ、はっとする。

「どうかしたんですか？」

「え、なにが？」

「涙……出てますよ」

言われるまで、気づかなかった。自分の頬を、涙が流れていることに。

「な、なんでもないよ」

瑞希はごしごしと目元をこすって、笑顔を見せる。忍も修吾も夏帆も、心配そうに瑞希を見ている。

「ちょっとコンタクトがずれたみたいで」

「千尋くんって、コンタクトだったっけ？」

「実はそうなんだ」

わざとらしい嘘でごまかす。

「じゃあ行こう、ラーメン食べに」

「行こう、行こう！」

笑顔になった夏帆を見て、瑞希はほっと息を吐いた。

「はいよ！　もろずみラーメン大盛りお待ち！」

瑞希の前に、どんっとどんぶりを置いてくれたのは、修吾の父だった。この時代、まだ彼は入院していないのだ。

体調はあまりよくないはずだけど、客の前でそんな姿は見せない。瑞希たちにとって、修吾の父は、ちょっと頑固で頼もしい、ラーメン屋の親父なのだ。

「うわ、うまそう」

思わず口に出してしまい、隣の夏帆にくすっと笑われる。

「なんかその言い方、瑞希にそっくり」

たしかに千尋は、こんな言い方はしない。

瑞希はこほんっと咳払いをしてごまかす。

「いや、あんまり美味しそうだったから、つい」

「千尋くんってば、おかしー。東京行って、ちょっと変わったよね」

「そ、そうかな？」

「うん。なんていうか……前より近くなったっていうか」

「近くなった？」

夏帆が少し恥ずかしそうにうなずく。

「あたしにとって千尋くんは、手の届かないほど遠くにいる、大人っぽいお兄ちゃんだったから」

「手の届かないほど遠くに……」

瑞希にとっての千尋もそうだった。誰よりも近くにいたはずなのに、とても遠い存在。なんでもできて、落ち着いていて、みんなから信頼されていて……どんなにがんばっても、敵わない存在。

ずっとそれが重荷になっていたけれど……いまはそんな兄のことを、誇らしく思っている。

「はい、千尋くん！　餃子をどうぞ」

「え、頼んでませんけど……」

「おばさんからのサービス！　おばさんねぇ、千尋くんに会いたかったんだもの。またいつでも来てよね」

兄弟同じように接してくれる修吾の母の声に、胸が熱くなる。

「ありがとうございます。では、遠慮なくいただきます」

「どうぞ」

修吾の母がにっこり微笑む。

修吾の両親は、息子が連れてきた『千尋』を見て、まったく疑っていないようだった。

「瑞希もばあちゃんちなんて、行かなきゃよかったのにな」

「あんなやつほっとけ、ほっとけ」

修吾たちの声に、内心むっとしている瑞希の隣で、夏帆がぽつりとつぶやく。

「あたしのせいかもな……」

瑞希は驚いて、うつむいている夏帆を見た。

「あたしが大っ嫌いなんて言っちゃったから……」

「夏帆……」

つぶやいた瑞希の前で、夏帆が顔を上げる。この時代に来た日、雨上がりのベンチにひとり、泣きそうな顔で座っていた夏帆のことを思い出す。

もしかして夏帆は、あのときのやりとりを気にしていて、あんな表情をしていたのだろうか。

だけどすぐに、夏帆はいつもの笑顔に戻って言った。

「でも瑞希だってひどいんだよ！　花火大会、毎年三人で行ってたのに、急に行かないとか言って……だからあたし……」

「うん」

夏帆の声に、瑞希がうなずく。

「夏帆は悪くないよ。悪いのは、ガキっぽい瑞希のほうだ」

そう、あのとき、子どもみたいにすねて、いじけてしまった。もっと素直に、自分の気持ちを伝えていれば……

『今年は三人じゃなく、夏帆とふたりで行きたい』

そう言えていたら……未来は変わっていただろうか。

「おばさん、ごちそうさま。俺、塾だから、先帰ります」

早々に食べ終わった忍が、カウンターにラーメン代を置いて立ち上がる。それを見た瑞希は「ああっ！」と思わず叫んでしまった。

「ど、どうしたの？　千尋くん」

「いや、その……」

どうしよう。財布持ってないんだった。それなのに堂々と大盛りラーメンなんて頼んでしまった。

そこではっと気づく。ポケットの中に突っ込んであった、千円札。今日の夕飯の材料を買うために、池田から預かった金だ。

「ううっ……ごめんなさい。池田先生……」

「は？　池田？　どうしたんすか？　千尋くん」

修吾にまで不思議がられ、肩を落とす。

「ごめん。なんでもないんだ」

「やっぱりなんかへん。千尋くん」

まずい。これ以上、怪しまれないようにしなければ。いつだって落ち着いている、しっかり者の千尋でいなければ。

とりあえずラーメン代は、先生に預かった金で払わせてもらおう。

結局その夜、瑞希は夕食の材料を買えずに、池田のアパートへ帰ることになってしまった。


「それで今夜もカップラーメンになってしまったわけですね？」

「すみません、先生。俺だけうまいラーメン食べてきてしまって……」

畳の上で正座して、ぺこっと頭を下げた瑞希の前で、池田はラーメンの蓋を開ける。ふわふわと白い湯気が、狭い部屋の中に漂った。

「いえ、カップラーメンもうまいのでかまいませんが……それより問題は修吾くんや忍くんにまで、会ってしまったということです」

ぎくりと肩を震わせ、上目遣いで池田を見る。池田はいつもより少し厳しめの顔で、瑞希を見ている。

「ふたりの未来まで、変えてしまってはいけませんよ」

「わかってます」

もうふたりには会わないようにしよう。

「君の目的はお兄さんの事故を阻止すること。それ以外の出来事に、決して関わってはいけないのです」

「はい。すみません」

池田は湯気でくもった眼鏡を押し上げ、瑞希から目をそらす。

「いや、偶然会ってしまったものは仕方ありませんが……くれぐれも気をつけてください、と言いたかったのです」

「わかりました！」

そう返事をしたあと、瑞希はおそるおそる付け加える。

「あと……夏帆とは明日も図書館で会うことになってしまって……」

池田があきれたように、ため息をつく。

「あのっ、でも俺、人に勉強教えるの、けっこう好きなのかもしれません。喜んでもらえると、すごく嬉しいし」

「だったら瑞希くんは、教師に向いているかもしれませんね」

その言葉にはっとする。

将来なりたいものなんて、なにもなかった。大学に進学したのも、町を出られるならなんでもよかったから。

このままなんとなく大学に通って、卒業して、なんとなく就職するのかと思っていた。でも……

「教師か……」

「もしうちの中学の教師になれたら、水泳部顧問をお任せします」

真面目な顔でそんなことを言う池田を見ていたら、なんだかおかしくなってきた。

「そうですね。カナヅチの先生よりは、俺のほうが適任だと思います」

「楽しみにしていますよ」

池田も瑞希の前で、頬をゆるめた。

◇

「どうも！　千尋くん！　また会いましたね！」

「俺たちも一緒に、宿題を教えてください！」

翌日、図書館に入った瑞希は、ふたりを見て固まった。修吾と忍がちゃっかり待っていたからだ。

「ごめんねぇ、千尋くん。さっきまた修吾たちに会っちゃって……今日も図書館行くって話したら、夏帆だけずるい、俺たちも宿題教えてほしいって、うるさくて……」

修吾たちの後ろからひょこっと顔を出した夏帆が、そう言って苦笑いする。

なんてずうずうしいやつらなんだ。

「修吾、部活は？　野球部練習あるんじゃないのか？」

「練習は午前で終わりました！」

にっと白い歯を見せる修吾の前で、瑞希は思わず顔をしかめる。

「いいかな？　千尋くん」

しかし、ちょっと申し訳なさそうな表情の夏帆を見たら、断ることなんかできなくなった。それにこんなとき千尋だったら、当たり前のようにふたりを受け入れてやるだろう。

「もちろん、いいよ。みんなで勉強しよう」

さわやかに答え、心の中でぼやく。

修吾と忍め、四年後に戻ったら覚えてろよ。

そこで瑞希ははっと気づいた。

あれ、どうしてこんなに腹が立つんだろう。

自習室に向かう、修吾や夏帆の背中を目で追う。三人は楽しそうにしゃべりながら、歩いている。

「そうか……」

その視線が、夏帆の背中で止まった。

「俺は悔しかったんだ」

夏帆とふたりでいられる時間を、邪魔されたことに。

足を止め、ぎゅっと手のひらを握りしめる。

バカなことを考えてしまった。

花火大会の日になれば、本物の千尋が帰省してくる。あの事故は起きなくて、夏帆は千尋のそばで、ずっと笑顔でいられる。そして自分は四年後の世界に戻るのだ。

だから、いま夏帆といられる時間は、幻みたいなもので……こんな時間がずっと続くなんて、ありえないのだ。

「千尋くーん。どうしたの？」

少し先で夏帆が足を止め、振り返る。

「なんでもない。いま行くよ」

だけど夏帆に近づく一歩一歩が、やけに重く、苦しかった。

「こういう場合は、さっきの公式を使って……」

「ああ、なるほど！　わかった！」

自習室で、中学生たちの質問に次々と答える。昨日池田先生に協力してもらいながら、予習してきてよかった。

瑞希の隣では夏帆が、向かい側では修吾と忍が、宿題のワークを解いている。

そこに自分がいることが、ものすごく不思議な気分だった。

「瑞希が帰ってきたら、びっくりするだろうな。俺たちが宿題、こんなに進めてて」

そう言ったあと、修吾が瑞希の顔を見て尋ねた。

「そういえばこの前の水泳大会の結果、瑞希から聞きました？」

突然、『瑞希』の話題に変わり、心臓がドキッと跳ねる。

「あ、ああ……電話で聞いたよ」

あの日の夜、千尋から電話がかかってきて、瑞希は大会の結果を伝えた。千尋の結果に届かなかったのが悔しくて、電話を途中で切ってしまったのだが。

「あいついじけてたでしょ。惨敗だったって」

「そうだね」

にこやかに答えながら、こめかみがひくひくしてくる。そんな瑞希にまったく気づかず、修吾は続けた。

「でもあいつ、目標が高すぎると思いません？」

「え？」

意味がわからず首をかしげると、忍が口を挟んできた。

「惨敗って言ったって、四位だったんでしょ？」

「十分すぎる結果なのに、あいつ納得しないんだよなぁ……」

十分すぎる？　四位だぞ？　優勝どころか、表彰台にも立てなかったんだぞ？

「瑞希の目標は、千尋くんだからね」

そう口にしたのは、隣に座る夏帆だった。シャーペンを持ち、ワークに目を落としたま
ま、なんでもわかっているような口調で言う。

「そうそう、だから目標が高すぎるっての」

「千尋くんは特別ですからね」

「だから届かなくて当たり前なんだよ。それなのにあいつ、なんでも千尋くんと同じにな
らないと気が済まないみたいで」

でもそれは……そうしないと自分がどうしようもない人間に思えて……

「瑞希は瑞希でいいのにね」

夏帆の声が胸に刺さった。

「誰よりもたくさん練習してるってこと、知ってる人もちゃんといるのに」

テーブルの上でぎゅっと手を握る。なにも言えなくなった瑞希の耳に、修吾たちの声も
聞こえてくる。

「テスト前も俺たちより勉強してるよな？」

「ただ本番に弱い」

「あ、それな。だから点数悪かったりするけど、わかんないところ聞くとちゃんと教えてくれるし」

そうだったんだ。夏帆も修吾も忍も、しっかり自分のことを見ていてくれていたんだ。

千尋に勝てないという結果だけでなく、地道に努力を続けてきた自分の姿を。

『そんなことないよ。結果より大事なことだってある。誰よりも努力している瑞希のこと、すごいと思ってる人もいるはずだ』

いつか聞いた千尋の言葉が頭に浮かび、胸がじんっと熱くなる。

「……ごめん」

ついつぶやいた瑞希を、三人が不思議そうに見る。

「は？　なに謝ってるんすか？」

「そうですよ。千尋くんが謝ることじゃないでしょ？」

「いや……俺の弟がふがいなさ過ぎて……」

こんなにいい友だちがいたのに、千尋が亡くなったあと、すべてを避けてしまった。自分から壁を作って、誰とも関わらないようにしてしまった。

本当はたくさん、聞いてもらいたいことがあったのに。

「ありがとう……ほんとに」

ぐすっと洟をすすった瑞希を見て、修吾と忍があせったように言う。

「いや、千尋くんにお礼を言われるようなことはなにも……なぁ？」

「うん。どっちかっていうと俺たち、千尋くんの弟さんのこと悪く言ってすみませんって感じですけど」

瑞希はふたりの前で笑った。

四年後に戻ったら、もう一度、修吾と忍に連絡しよう。自分から作ってしまった壁を、少しずつ壊していこう。

そしてまた中学生のころのように、くだらないおしゃべりをしたり、一緒にラーメンを食べたり、思いっきり笑い合ったりしたい。

ふと隣を見たら、夏帆がじっと瑞希のことを見つめていた。瑞希は照れくさくなり、あわてて顔をそむけた。


「じゃ、俺たちはここで」

「今日はありがとうございました！」

勉強が終わり、図書館の前の自転車置き場で別れた。修吾と忍は自転車で来ていて、夏帆と瑞希は歩きだ。

「ああ、気をつけて帰れよ」

「おつかれーっす！」

「さよなら！」

自転車で走り去る中学生ふたりを見送る。図書館で数時間過ごしたが、なかなか素直でかわいいやつらだ。物わかりの悪い修吾に勉強を教えるのは、骨が折れたけど。

「あっ」

そのとき瑞希の頭に、忘れかけていた記憶がよみがえった。

「ちょっ……ちょっと待て！　修吾！」

「千尋くん？」

不思議そうな顔の夏帆を残し、自転車に乗る修吾のあとを全速力で追いかける。

いま、修吾の背中を見て思い出したんだ。この夏、名古屋の祖母の家にいたとき、修吾から電話がかかってきたことを。

『今日、チャリでこけて土手から落ちちゃってさぁ。腕、骨折しちまった』

『は？　なにやってんだよ、お前』

『なんかブレーキ壊れてたみたいで……明日、中学最後の試合だったのに、ついてねぇよ』

さすがの修吾も、あのときは落ち込んでいたみたいで……

たしか電話があったのは、今日の夜だ。

キキーッと嫌な音を立て、自転車が止まる。振り返る修吾を見て、瑞希も足を止めた。

『ふたりの未来まで、変えてしまってはいけませんよ』

池田の言葉が頭をよぎる。

『君の目的はお兄さんの事故を阻止すること。それ以外の出来事に、決して関わってはいけないのです』

わかってる。わかってるけど……親友が怪我をして、大事な試合に出られないかもしれないのに、このまま見過ごすわけにはいかないじゃないか。

「どうしたんすか？　千尋くん」

「そ、その自転車……」

息を切らしながら、指をさす。

「ブレーキ壊れてないか？」

「ブレーキ？」

修吾が両手で、ブレーキの動きを確認する。

「べつに壊れてませんけど？」

でもこのあと、突然壊れるのかもしれない。

「今日は……歩いて帰れよ」

「は？　なんでですか？」

「いや……自転車は……危ないから」

修吾が顔をしかめている。そばで待っている忍も不思議そうに首をかしげている。

「そ、その自転車、かなり古いだろ？　危ないよ。ちゃんと自転車屋で点検してもらってから、乗ったほうがいい！」

修吾は納得していないようだったが、しぶしぶといった感じでうなずいた。

「わかりました。千尋くんがそう言うなら」

そして忍に向かって言う。

「俺、歩いて帰るわ」

「じゃあ、俺も」

修吾と忍が自転車を押しながら、去っていく。

「気をつけて帰れよ！　怪我するなよ！」

ふたりはぺこっと頭を下げて、帰っていった。

その姿を見送り、瑞希は大きなため息をつく。

「大丈夫？　千尋くん」

隣から夏帆の声がする。見ると、少し気まずそうに瑞希の顔を見上げている。

「三人も出来の悪い生徒がいて、大変だったでしょ？　帰りの心配までしてもらっちゃって……ごめんね？」

気を遣っているのか？　いままでそんなそぶり、一度も見せたことないのに。

ああ、そうか。千尋の前だとこうなんだ。

「いや、大丈夫。なかなか教えがいがあったよ」

ははっと笑ったら、夏帆もくすっと笑った。

「ねぇ、千尋くん？」

夏帆がスキップするようにして、瑞希の正面にまわる。

「今日はあたしにお礼させて？」

「え？」

首をかしげた瑞希の前で、夏帆がにこっと笑顔を見せた。


「はい、千尋くん。どうぞ」

夏帆に誘われてきたのは、学校のそばのあの商店だった。

店の前のベンチに座っていると、中で会計をしてきた夏帆が、水色のアイスキャンディーを差し出した。

「いいのか？」

「うん！　いつも勉強教えてもらってるお礼！」

「ありがとう」

満面の笑みの夏帆の手から、アイスを受け取る。瞬間、青い空とプールの水面が、はっきりと頭に浮かび、鼻の奥がつんっとした。

「夏帆」

「うん？」

「あそこに行って、食べないか？」

不思議そうな夏帆の前で、瑞希はベンチから立ち上がった。

アイスが溶けないよう、急いで歩き、瑞希は夏帆と共に、学校のプールに来た。

陽はだいぶ傾いているが、まだ部活をやっている生徒もいて、校門は開いている。

そして不用心なことに、誰でも簡単にプールサイドに入り込むことができると、瑞希は知っていた。

「ここで食べよう」

水色の水面を眺めながら、フェンスのそばで腰を下ろす。夏帆はぽかんとした顔のまま、突っ立っている。

「夏帆？　どうしたんだよ？　早く食べないと溶けるぞ？」

「あ、うん」

袋からアイスを取り出す瑞希の隣に、夏帆が座った。

なんだか中学生のころに、戻ったみたいだ。

懐かしい気持ちを悟られないよう、瑞希は平然とした顔つきでアイスをかじる。冷たくて、ちょっと水っぽくて、でもさわやかな味も、あのころのままだ。

ちらっと隣を見ると、夏帆がうつむき加減でアイスを食べている。なんだかいつもより、しおらしい。

もしかして、照れているのだろうか。千尋とふたりきりだから?

心の中がもやもやするが、そんな気持ちを振り払うように、声を上げる。

「ああ、また、『はずれ』だった!」

食べ終わった棒を見ながら、そう言ったら、夏帆が驚いたようにこっちを見た。

「千尋くんも……このアイスよく食べるの?」

「え?」

「瑞希とはこうやってよく食べてるけど……千尋くんが食べてるとこ、初めて見たから」

まずい。つい、いつもの調子で言ってしまった。

「あ、ああ、中学時代はよく食べてたんだ。いつも『はずれ』ばっかりだったんだよ」

そういえばタイムスリップする前に食べたアイス、初めて『あたり』が出たんだっけ。

その『あたり』に背中を押されて、ここまで来たんだ。

「そう、なんだ」

夏帆がまたうつむいて、ぼそっとつぶやく。

「なんかこうやってると……瑞希といるみたいな気持ちになる」

「えっ……」

それは非常にまずい。タイムスリップしてきたことがバレたらまずいし、それ以上に、千尋のふりをしていたことがバレたら、カッコ悪すぎる。

それにしても……

もう一度隣を見ると、まだ夏帆がうつむいている。

『瑞希といるみたい』だから、こんなにしおらしいのか？　そんなバカな。いつもは人のことを、弟かペットのように扱ってくるくせに。

『バカッ！　瑞希のバカッ！　大っ嫌い！』

それともあの日のことを、まだ気にしているのだろうか。

瑞希は夏帆の隣で息を吐き、静かにつぶやく。

「瑞希のことは気にするな。あいつ子どもだから、すぐすねるんだ。名古屋から帰ってきたら、きっとけろっとして、またプールで泳いでるさ」

「……そうかな？」

「そうだよ」

夏帆への想いを、告げることもできないまま。

すると夏帆が、安心したように微笑んだ。

瑞希はそっと視線をそらし、プールを見つめる。

空がオレンジ色に染まり始めた。それを映したプールも同じ色に染まる。

夏帆がなにもしゃべらなくなったから、瑞希もその隣で黙っていた。

そういえばタイムスリップしたあの日も、こうやって暮れていく空をひとりで眺めていた。そして花火大会が始まると、ここからも空に打ち上がる花火がよく見えて……

そうだ。ここから花火を見るのはどうだろう？　まさか夏帆がプールに落ちることはないだろうけど、もしそうなっても、ここなら助けられる。

瑞希はそれを伝えようと、隣の夏帆を見る。

「か……」

しかし夏帆は、どこか切ない目で、じっと水面を見つめていた。

瑞希は開きかけた口を閉じ、なにごともなかったかのように、正面を向く。

夏帆は、なにを考えているのだろう。

いつだって真夏の太陽みたいに笑っていた夏帆の、こんな表情を見たのは初めてだった。

ふたりはしばらくそのまま、夕焼け色の水面を、黙って眺めていた。


薄暗くなってきたころ、プールサイドをあとにし、夏帆を家の前まで送った。

このあたりは知り合いが多いから、長居はしたくない。母や父が通りかかったら、面倒なことになる。

「じゃあ」

急いでその場を立ち去ろうとしたら、夏帆に呼び止められた。

「千尋くん！　明日も時間ある？」

「え、ああ」

てっきりまた、勉強を教えてほしいと言われるのかと思ったら、夏帆はちょっと言いにくそうにこう告げた。

「あの、明日……付き合ってもらいたいところがあるの」

「付き合ってもらいたいところ？」

「や、やっぱりだめだよね！　ごめんなさい！　こんなこと言って！」

夏帆が少し頬を赤くして、顔の前で両手を振っている。さっきのどこか寂しそうな夏帆の表情が気になって、つい言ってしまった。

「べつにいいよ」

「えっ、ほんとに？」

「うん。どうせ暇だし。どこに行きたいの？」

すると夏帆の顔が、わかりやすくぱあっと明るくなった。

「電車に乗って、ショッピングモールに行ってみたいの！　買いたいものがあるんだ！」

「わかった。付き合うよ」

「ありがとう！　千尋くん！」

自分に言ってくれたわけじゃないのに……この笑顔が見たくて、瑞希はまた嘘を重ねてしまうのだ。


「で、明日は夏帆さんとショッピングモールに行くわけですか」

瑞希の作ったハンバーグを食べながら、池田が言った。

「……はい」

気まずくうなずいた瑞希の顔を、池田がじろっと見る。

「瑞希くん」

「は、はい！」

「このハンバーグ、すごくおいしいです。作り方、お母さんに教わったのですか？」

瑞希はふうっと息を吐き、池田に答える。

「いえ、いろんなレシピサイトを見て、自分の好きな味に作り上げるのが好きなんです」

「なかなか研究熱心なんですね」

正確に言うと、『自分の好きな味』というか、『自分の実家の味』、『自分の母親の味』だ。

ひとり暮らしを始めるとき、なるべく自炊しようと決めた。自分の好物くらいは、自分で作れるようになりたかった。

「それならお母さんが教えてあげるわよ」

ふさぎ込んでいた母が、久しぶりに台所に立って教えてくれたのは、『エビフライ』の作り方だった。瑞希の好物だった『ハンバーグ』ではなく。

「千尋はこれが、大好物だもんね」

あの夏以降、母にとって、瑞希は千尋だった。だからハンバーグの作り方は、聞くことができなかった。それで試行錯誤を始めたのだ。瑞希の好きな、母の作ったハンバーグの味に、少しでも近づくように。

「ほ、他にもレパートリーあるので、明日も作ります！」

瑞希の声に、池田が箸を置いた。

「それは嬉しいですが……瑞希くん。花火大会は明後日です」

その言葉に、瑞希はごくんと唾を飲む。

「事故は阻止できそうですか？」

頭の隅で、常に考えてはいるけれど、はっきりとした作戦はまだ思いつかなかった。

花火を見る場所も、結局曖昧になったままで……

「とにかく、夏帆が川に近づかないようにしようと思ってます。本物の千尋は、夏帆に誘われていないから来ないと思うし」

「でも夏帆さんは、事故が起きた場所で見たいと言っているんでしょう？」

「そうですけど……」

池田は指先で眼鏡を押し上げてから言う。

「瑞希くん。花火大会の夜、絶対にその場所に近づいてはいけません。いま君は、千尋くんなんですよ？　事故に遭って亡くなるのは、君かもしれません」

ひやりと背中が寒くなる。こんなところで死ぬなんて、絶対嫌だ。

それに千尋も死なせない。夏帆を絶対泣かせない。

「わかってます」

力を込めてそう言った瑞希を、池田は黙って見つめていた。

◇

「えっ、修吾が骨折した？」

「うん。今朝メッセージがきたの。昨日、土手から落ちて、怪我したんだって」

翌日は夏帆と電車に乗り、五つ先の駅へ向かった。このあたりでは一番大きな市にある、ショッピングモールに出かけるためだ。

その電車の中で、瑞希は夏帆からその話を聞いたのだ。

「土手から落ちたって……自転車には乗ってなかったはずだろ？」

「それがね、リードの外れた大型犬が、急に忍にじゃれついてきたらしくて……ほら、忍って犬、苦手でしょ？　驚いた拍子に修吾を突き飛ばしちゃって、押してた自転車ごと転落しちゃったみたい」

「嘘だろ？　じゃああいつ、今日の大事な試合……」

「うん。出られないって。さすがに落ち込んでた」

そこで夏帆は少し考え、瑞希に尋ねる。

「あれ、千尋くん。今日、修吾の最後の試合だって、知ってたの？」

「えっ、あ、ああ……昨日の勉強中、話してたじゃないか」

「そうだっけ？」

首をかしげる夏帆の隣で、瑞希は考える。

ブレーキの壊れた自転車に乗らなければ、怪我をすることはないと思ったのに、犬がじゃれついてくるなんて想定外だった。

うまく過去を変えられたと思っていても、別の出来事が発生して、元に戻されてしまうということなのか？

頭の中に、池田の言葉が浮かぶ。

『重大な過去を変えるのは、そう簡単なことではありません』

もしかして思っている以上に、過去を変えるのは大変なことなのかもしれない。

「修吾……大丈夫かな」

ぽつりとつぶやいた瑞希の声に、夏帆が明るく答える。

「また修吾のうちに、みんなでラーメン食べに行こう。きっと修吾も元気出るよ！」

「ああ、そうだな」

夏帆が瑞希の前で、にっこり微笑む。

ごめん、夏帆。それは、無理なんだ。

明日は花火大会。あの事故を阻止したら、もうここにはいられないんだ。


駅のそばにあるショッピングモールは、とても広くて、敷地内には公園もある。夏休みのせいもあり、多くの家族連れで賑わっていた。

「わー、すごい！　広い！　大きい！　おしゃれー！」

吹き抜けになっている一階のホールから、店の並ぶ上階を見上げ、夏帆が騒いでいる。田舎者丸出しだ。

「ここね、先月できたばかりなんだよ。あたし、来たの初めて！　千尋くんも初めてでしょ？」

そうか。いまは四年前だから、ここがオープンしたばかりなんだ。

「ああ、初めてだよ」

「すごいねー！　迷子になりそう！」

夏帆はきょろきょろと周りを見まわし、はしゃいでいる。歩いている人にぶつかりそうで、危なっかしい。

「夏帆、ちゃんと前を見て」

「はぁい」

いたずらっぽく笑ってから、またきょろきょろしている。なにか探しているようだ。

「行きたい店とかあるの？」

「うん。ストラップとか売ってる雑貨屋さんに行きたいの」

「じゃあ二階じゃないか？　公園側だと思うから、あっちのエスカレーターで行ったほうがいい」

エスカレーターの方向を指さした瑞希に、夏帆がきょとんとした顔をする。

「ずいぶん詳しいんだね。千尋くん、ほんとは来たことあるの？」

夏帆の声にドキッとする。

もちろん何度か来たことはあるけれど、そんなことは言えない。

「いや、ないよ。さっきフロアマップ見たから、なんとなく覚えてたんだ」

「すごーい！　さすが千尋くん！　ちょっと見ただけで、すぐ覚えちゃうんだね！」

　苦笑いして、曖昧にうなずく。

　そういうことにしておこう。

「じゃ、行こう！　千尋くん！」

「うん」

　跳ねるように歩く、夏帆のあとをついていく。

　こんなに近くにいるのに、その背中に触れることはできなくて、瑞希は汗ばんだ手をポケットの中に突っ込んだ。


「ここ、ここ！　このお店に来たかったんだ！」

　夏帆が駆け込んだのは、女子中高生が好きそうな、かわいい文房具やアクセサリーなどが並んでいる店だった。

「このお店にね、いま友だち同士で流行ってるものが売ってて……」

　わくわくした表情で目を輝かせ、夏帆が店内を歩き回る。

　そういえば小学生のころ、こんなふうに夏帆と歩いたことがある。お互いの母親に連れられて、中学校の制服を買いに、別のショッピングセンターに行ったときだ。

　ここよりも小規模だったけど、田舎町のスーパーに比べたら断然大きな店で、夏帆はキャーキャー騒ぎながら店内を回り、瑞希はそれに付き合わされた。

洋服を見ても、アクセサリーを見ても、ぬいぐるみを見ても、なんでも「かわいい！」とはしゃぐ夏帆についていけなくて、うんざりしていたっけ。

結局親とはぐれてしまい、あとでひどく怒られたのだけど。

「あった！　これこれ！」

キーホルダーやストラップが飾られている棚の前で、夏帆が叫ぶ。

「このストラップが欲しかったの」

夏帆がうっとりとした表情で指さしたのは、ガラス玉のストラップ。

丸いガラスの中に、水色のグラデーション模様と、透明な泡のようなものが見えて、まるで水中のようだ。

手作りなのか、微妙に柄の違うガラス玉が、たくさん並んでいた。

「これを大切な人にプレゼントすると、その人は、一生幸せになれるって噂なの」

「へぇ……」

そんな噂は初耳だった。女子の中だけで流行っている、おまじないみたいなものなのだろう。

「夏帆も誰かにプレゼントしたいの？」

「うん……」

夏帆が恥ずかしそうにうつむいた。瑞希はそっと視線をそむけて言う。

「俺、そのへんぶらぶらしてるから、じっくり選んで買っておいでよ」

「うん」

夏帆から離れ、店を出る。真剣な表情でガラス玉を見つめている、夏帆の横顔が見える。

「大切な人か……」

吹き抜けの通路に出て、手すりから下を眺めた。

夏帆は千尋にプレゼントするのだろう。夏帆にとって千尋は、とても大切な人だから。

タイムスリップする前に見た、夏帆の涙が頭に浮かぶ。

夏帆に、あんな顔をさせてはいけない。絶対に。

「おまたせ！　千尋くん！」

店から出てきた夏帆が、にこにこしながら駆け寄ってくる。肩に下げたバッグの中には、
千尋のためのストラップが入っているのだろう。

「次……どこ行く？」

「あたし、飲みたい飲み物があるの！」

「いいよ。それ飲みにいこう」

夏帆と並んで歩き出す。

なんだかデートみたいだな……ふとバカなことを考えてしまい、瑞希はあわてて頭を振

った。

「でね、修吾もずうずうしいけど、瑞希もひどいんだよ！」

夏帆に薦められた、よくわからない真っ青なドリンクをストローで吸いながら、瑞希は話を聞いていた。

「あたしが応援に行ってあげてるのに、いっつも『なにしに来たんだ』とか『帰れ』とかそればっかりでさ！　ほんっとにムカつくんだから！」

「……うん」

言い返したいのはやまやまだったが、夏帆の言うことはもっともだ。

暑い中、タオルや差し入れを用意して、毎日のようにプールに顔を出してくれた夏帆。瑞希はそんな夏帆に、いつも文句ばかり言っていた。本心ではなかったとはいえ、あんな言い方はないと、自分で自分に突っ込みたくなる。

瑞希は言い返すこともできずに、黙ってドリンクを飲み続ける。

「まぁ、でも、あたしが勝手に応援してるだけだから、しょうがないんだけどね」

夏帆はそう言って、ショッキングピンクの甘ったるそうなドリンクをストローで吸い込む。それから静かに顔を上げ、瑞希に向かって口を開いた。

「瑞希、水泳がんばってるよ。幽霊部員ばっかりの水泳部で、たったひとり、毎日プールに通って泳いで……すごくがんばってる」

夏帆の言葉に、瑞希はなんて言ったらいいのかわからなくなる。

「だからね、たまには褒めてあげて？　千尋くん」

「そ、そうだな……今度会ったらそうするよ」

夏帆はにっこり笑って、もう一度ストローでピンクの液体を吸い込む。

夏帆がそんなことを言うなんて……胸がじんっと熱くなる。

でもすぐに、ガラス玉をうっとりと見つめていた夏帆の顔を思い出し、テーブルの上で、手のひらを握りしめた。

「千尋くん？　どうかした？」

「ううん、なんでもないよ」

夏帆の一番大切な人は千尋なのだから――なんとしても、あの事故を阻止しなければならない。

瑞希は思い切って口を開く。

「夏帆。これから靴を買いに行かないか？」

「え、どうしたの？　急に」

「さっき夏帆に似合いそうなスニーカーを見つけたんだ。明日の花火大会に履いてきてほしい」

「え……」

夏帆が戸惑うような表情を見せる。

浴衣を買ってあるのは知っている。それを着るのを、楽しみにしているのも知っている。

でもそのせいで夏帆は足を滑らせた。だったら服装を変えるだけでも、過去は変わるかもしれない。スニーカーを買えば、さすがに浴衣は着てこないだろう。

たとえ千尋の死を防げたとしても、自分や夏帆が代わりに死ぬことだってありえるのだ。

だから念には念を入れたほうがいい。

「でもあたし……」

困っている夏帆に、ダメ押しのひと言を告げる。

「俺が夏帆にプレゼントしたいんだ」

夏帆の頬がピンク色に染まった。

先生……ごめんなさい。瑞希は心の中で謝る。

ショッピングモールに行くと言ったら、池田が金を渡してくれた。交通費や、夏帆との食事代が必要だろうと、気を遣ってくれたのだ。たしかに一文無しでショッピングモールへは行けない。

夕飯の材料代も含め、多めに預かってきたのだけれど、この金で夏帆の靴を買わせてもらおう。

「行こう、夏帆」

瑞希は立ち上がり、夏帆に向かって言った。

『夏帆に似合いそうなスニーカーを見つけた』というのは、まったくの嘘ではなかった。さっき店内をぶらぶらしていたとき、夏帆らしい靴が目についたからだ。

夏帆が普段着ている、Tシャツとショートパンツによく合いそうな、真っ白なスニーカー。その店に戻って、さりげなく値札を見てみると、ありがたいことに持っている金で買えそうだった。

「この靴だよ」

瑞希が言うと、夏帆が目を見開いた。

「かわいい!」

そうだろうか。どっちかというとスポーティーな感じだけど、女子はなんでも「かわいい」と言うみたいだ。

「でも……プレゼントなんて悪い……」

「いいんだよ。そんなに高くないし、って、いや、安物あげたいわけじゃなくて、本当はもっといいやつをプレゼントしたいんだけど」

「ううん、あたしはすっごく嬉しいよ!」

「じゃあ、プレゼントしたら履いてくれる？　明日」

夏帆は少し考えたあと、こくんとうなずいた。

ごめん、夏帆。浴衣は来年、本物の千尋と花火を見るとき、着てくれ。

瑞希はレジで会計をすませ、夏帆にスニーカーを渡した。

「ありがとう。千尋くん」

「どういたしまして」

池田先生には、四年後に戻ったとき、ちゃんとお金を返そう。


そのあとは遅めの食事をすることになったが、瑞希は「お腹空いてないから」と言い、飲み物だけで我慢した。夏帆は「なんか悪いなぁ」と言いつつ、ハンバーガーを美味しそうに頬張っていた。

食事のあとは、夏帆が修吾のお見舞いにとクッキーを買い、それから電車に乗って地元まで戻り、家の前まで送った。

「千尋くん。今日は付き合ってくれてありがとう。靴も……すごく嬉しかった」

「いや、喜んでもらえてよかった」

夏帆が靴の入った紙袋を抱きしめ、にっこり微笑む。

「じゃあ、明日。花火大会のときに」

「うん」

待ち合わせ場所は中学校にした。

夏帆が浴衣を着てこなければ、川に落ちる確率は下がるが、まだ油断はできない。

修吾の出来事で、過去は簡単に変わらないということがわかった。

当日なにか理由をつけて、プールサイドで花火を見よう。

タイムスリップする前、そこからでも、花火がよく見えたから。

「明日、楽しみにしてるね。千尋くん」

満面の笑みの夏帆を見て、胸がちくちくと痛む。

「俺も……楽しみにしてる」

夏帆が手を振って、家の中に入っていく。

瑞希は立ち止まったまま、その背中を見送った。


「それでお金を使い果たしてしまい、今夜もカップラーメンというわけですね」

「すみません、先生。本当はかつ丼でも作ろうと思ってたんですが」

「瑞希くんは……かつ丼も作れるんですか？」

「まぁ、一応」

かつ丼はハンバーグの次に好きなメニューだ。母の作るかつ丼は、とても美味しかった。

頭の中で想像したら、お腹が鳴った。池田にも聞こえたようで、なにか言いたそうにこちらを見ている。

「えっと……夏帆の靴を買ったら、昼食べるお金がなくなってしまって……」

「だったら瑞希くんもカップラーメンを作ったらどうです？」

「それが……先生のが最後の一個だったみたいで」

池田がはっとして、瑞希はあわてて両手を振る。

「いやっ、俺のことは気にしないでください！　先生から預かったお金、全部使っちゃったのがいけないんだし。そのカップラーメンは先生が買ったものだし」

池田はあきれたようにため息をつき、財布から千円札を出し、瑞希に渡した。

「スーパーに行って、これで好きなものを買ってきてください」

「え、いいんですか？」

「お礼は四年後でけっこうです」

池田の声に、瑞希はふっと笑う。

「先生って……ぼうっとしてるみたいに見えるけど、すごく優しいですよね？」

池田はなんの反応もせず、カップラーメンの蓋を開けている。

「無計画でこんなところまで来ちゃった俺を助けてくれたし、泳げないのにプールに飛び込んで、彼女を助けるなんて、すごすぎる」

ぼそっと「いただきます」とつぶやき、池田は麺をすすり始める。

「ねぇ、先生」

瑞希は机の上に身を乗り出し、池田に向かって言った。

「先生が助けた彼女は、いまどこにいるんです？」

ちらっと視線を上げ、池田が首をかしげる。

「なにを言うんですか？　急に」

「この町にはいないんですよね？　でもどこにいるか、先生は知ってるんじゃないですか？」

「知ってるもなにも、彼女は有名な陸上選手ですからね。どこでトレーニングしているか、調べればわかります」

「だったら先生が、そこに行っちゃえばいいんじゃないですか？」

池田がぽかんっと口を開ける。

「ちなみに彼女は、まだ独身ですか？」

「ど、独身ですが」

めずらしく池田があせり始める。そんな池田に向かって瑞希は続ける。

「先生と彼女って、嫌いで別れたんじゃないんでしょ？　本当はお互い、別れたくなかったんじゃないですか？　でも彼女の未来のために、先生は身を引いて、この町に残ったんですよね？」

「それ……四年後の僕が話したんですか？」

「はい。聞きました」

池田が頭を抱える。

「僕は生徒になんの話をしてるんだ……」

「四年後の先生も、彼女を忘れられずにいるみたいな気がしました」

はっと顔を上げ、池田が瑞希を見る。瑞希はまっすぐ池田を見つめて言う。

「先生、いまからでも遅くはないです。彼女を追いかけて行ったらどうですか？」

「なにを言ってるんですか。あれからもう、十年以上経ってるんですよ？　いまさらそんなこと、できるわけないでしょう？」

「でもプールに飛び込んで、過去には行ったんですよね？　そんな勇気があるなら、彼女のもとへ行っちゃえばいいのに」

「バカなこと言ってないで、早くスーパーへ行ったほうがいいです。東京と違って、このあたりは閉店時間が早いんですから」

立ち上がった池田に腕をつかまれ、部屋の外へ追い出される。

「まだ……好きなくせに」

「なにか言いましたか？」

「なんでもないです！」

眉をひそめる池田を残し、瑞希はアパートの階段を駆け下りた。

このあたりで食品を売っている店は、中学校のそばの小さな商店か、駅方面にあるスーパーだ。池田のアパートから商店は近いけど、あのおばあさんにはなんとなく会ってはいけないような気がした。

タイムスリップする前に見た、なんでもお見通しのような顔が忘れられないのだ。もしここで瑞希に会ったら、一発で未来から来たことを見抜かれそうで怖い。

それに瑞希を知っている人にも会いそうな気もしたから、少し遠くのスーパーまで歩くことにした。

夜風を受けながら田畑の広がる田舎道を進んでいく。住宅は間隔をあけてぽつぽつと建っているだけで、街灯もほとんどなく、寂しい道だ。

夏帆たちと勉強をした図書館のそばまで来ると、ぼんやりとあかりのついたスーパーが見えてきた。店先では店長らしき人が、片付けを始めているようだ。まだそんなに遅い時間ではないはずなのに、田舎の閉店時間は本当に早い。

瑞希は閉店間近の店内に飛び込み、残り少ない弁当コーナーを眺める。そのとき後ろのほうから、聞き慣れた声が聞こえてきた。

「でも千尋くん、もうすぐ帰ってくるんでしょう？」

「ええ、明日には帰省する予定なの」

「すごいわねぇ、東京の大学なんて。千尋くんは小さいころから優秀だったものねぇ」

瑞希はあわてて、商品棚の陰に身を隠す。

そこでしゃべっていたのは、瑞希の母と、忍の母だったからだ。

「なんでこんな時間にいるんだよ……」

思わず口にしてから、思い出す。そういえばこのころ、母はパートに出ていて、週に何日かは帰りがこのくらいの時間だった。

部活のある瑞希より帰りが遅く、いつもスーパーで買い物をして帰ってきて、「ごめんね、お腹すいたでしょう」と言いながら、夕食を作ってくれたのだ。

あのころはなんでも母がやってくれたから、瑞希は自分で料理をしようなんて、思いもせず過ごしていた。

千尋がいなくなってからは、母は人が変わったように家事をしなくなり、あんなに好きだった料理もほとんどやらなくなってしまったのだが。

うつむいた瑞希の耳に、忍の母の声が聞こえてきた。

「四年後、瑞希くんも東京に行っちゃうのかしら……」

自分の名前が出て、ドキッとする。すると瑞希の母がこう言った。

「あの子は無理よ」

その言葉が、ちくりと胸に刺さる。だめな息子と言われたようなものだ。

「そんなことないでしょう？　瑞希くん、がんばり屋さんだし、お勉強だってできるじゃない」

「そうね、がんばってるというより、無理してるのよ、あの子は」

母の言葉は意外だった。

「なんでも千尋と同じようにできないといけないと思っているみたいで。瑞希は瑞希のままでいいのに。意外と負けず嫌いなのよね、あの子」

瑞希は瑞希のままでいい——母からも、そんなふうに思われていたなんて、思ってもみなかった。

いつだって千尋は完璧で、自分も同じようにできないと、両親や先生からだめな子だと思われる気がして……だけどそれは、自分が勝手に思い込んでいただけで、誰かに言われたわけではなかった。

「でも瑞希は、千尋と違って寂しがり屋だから。ひとり暮らしなんて、きっと無理よ」

うつむいたまま、ぎゅっと手のひらを握りしめる。

「それにわたしも……瑞希までいなくなっちゃったら、寂しいしね」

くすっと笑う母の声が、胸に染みた。気づけば涙が出ていて、あわててそれをこすろうとしたとき、そばに積んである缶詰に、腕が思いっきりぶつかってしまった。

ガコンッと大きな音を立て、缶詰が床に転がる。

「やばっ……」

一個、二個、三個……崩れた山から、缶詰が次々と雪崩のように落ちてくる。

「あら、大変！」

「どうしたの？　大丈夫？」

駆け寄ってきたのは、瑞希の母と忍の母だ。額から汗が流れ、池田の声が頭に浮かぶ。

『本人や家族に会ってしまったら、みんなパニックになってしまいます』

そうだ。母に会うわけにはいかない。

まさか夏帆みたいに千尋と間違えることはないと思うけど、瑞希と気づかれても困る。

母の知っている瑞希は中学生だし、急に成長して、しかもタイムスリップしてきたなんて言ったら、腰を抜かしてしまうだろう。

「ごめんなさい」

それだけつぶやくと、とっさに池田に借りたパーカーのフードをかぶった。そして転がったままの缶詰をそのままにして、その場から立ち去る。

「……瑞希？」

母に名前を呼ばれたような気がしたけど、振り向かずにそのまま店から飛び出した。

「はぁっ……」

スーパーから飛び出て、夜道を全力で走った。結局夕食は買えなかったし、缶詰を散らかしたまま逃げてしまった。

「なにやってんだ、俺……」

こんなんで明日、千尋を救えるのだろうか。

「いや、救わなきゃだめだろ」

この世界で千尋を救わなければ、母にも夏帆にも、明るい未来はない。それに過去に戻れるのは一回だけだと池田が言っていた。もしこの夏、千尋を失ってしまったら、もう二度と、やり直すことはできないのだ。

瑞希は立ち止まり、空を見上げた。真っ暗な夜空に、無数の星が散らばっている。そっと目を閉じたら、プールサイドでひとりで見た、あの日の花火を思い出した。

「変えなきゃ」

目を開けて、ぎゅっと手のひらを握りしめる。

千尋のために、家族のために、夏帆のために、自分のために──

絶対過去を変えてみせる。

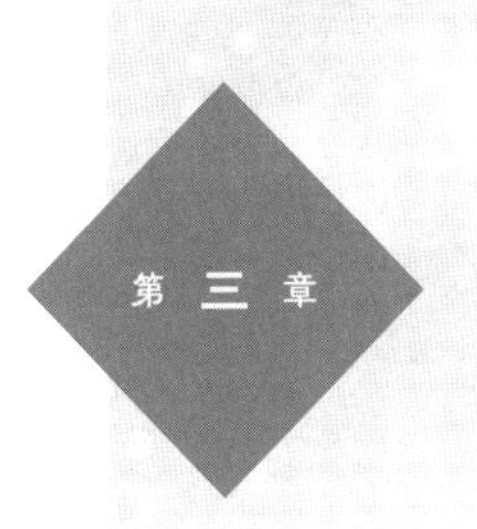

たどり着いた未来

花火大会当日の朝。瑞希はいつものように池田の部屋で目を覚ました。

昨夜は緊張で眠れないかもしれないと思っていたのに、意外とぐっすり眠ってしまって、自分で自分に驚いた。

布団の上で体を起こし、狭い部屋の中を見まわす。壁際の机に向かって、池田がなにかをじっと見ている。

「池田先生」

声をかけると、池田がびくっと背中を震わせ、振り向いた。

「あ、ああ、瑞希くん。起きてたんですね。おはようございます」

「おはようございます」

そう言いながら首をかしげ、池田の手元に視線を移す。

「なに見てたんですか?」

「あ、いや、これは……」

あわてて隠そうとする池田に近づき、持っているものをちらっと見る。

「写真?」

それは女性が写っている写真だった。

「それって……」

池田がわかりやすく頬を赤くし、しきりに眼鏡のフレームを押し上げている。

「もしかして別れた彼女……とか？」

「ち、違います」

「やっぱりまだ忘れられないんだ」

「そんなんじゃありません！」

あきらかに動揺しながら、池田が写真を引き出しにしまった。

「昨日、瑞希くんが変なことを言うから、思い出してしまっただけです」

池田が後ろを向いてしまった。瑞希はその背中に向かって口を開く。

「俺、先生に選んでもらってよかったです」

池田の肩がかすかに揺れる。

「先生に『とっておきの秘密』を教えてもらって、ここに来て。本当によかったです」

少しの沈黙のあと、池田がつぶやいた。

「僕は昔話をしただけです。勇気を出して飛び込んだのは、瑞希くんですから」

瑞希は少し笑って、池田の背中に伝える。

「はい。だから今度は先生にもう一度、勇気を出してもらいたいです」

池田がゆっくりと振り返る。瑞希はそんな池田に笑いかけた。

「俺、先生にも、幸せになってもらいたいんで」

もう一度眼鏡を押し上げて、池田が立ち上がった。

「人の心配より、自分の心配をしたらどうですか？　今日はいよいよ作戦決行の日です」

「わかってます！」

こぶしを握った瑞希の前で「僕は心配で眠れませんでしたよ」と、池田がぼやいた。


池田と一緒にパンを食べたあと、瑞希は一旦、ひとりでアパートを出た。

今夜、千尋と夏帆の無事を見届けたら、プールに飛び込んで四年後に帰る。

でもその前に、どうしても気になる場所があった。

夏帆が足を滑らせ川に落ち、千尋が命を失くした場所だ。

じりじりと気温が上昇する中、瑞希は一歩一歩足を進める。人通りのない田舎道を歩き、ゆるい坂道をのぼっていく。

本当は行きたくなかった。ここは絶対に避けなきゃいけない場所だと思ったし、千尋が亡くなった世界でも、足を向けることはなかった。

だけどどうしても気になってしまうのだ。

あの日、最後にふたりがいたはずの場所が。

「ここだ……」

たどり着いたのは、小さな児童公園だ。夏休みだけれど、子どもが遊んでいる姿はない。緑の木々が生い茂る、公園の中に入る。瑞希はここでいつも、千尋や夏帆と遊んでいた。

あのころ高く見えた滑り台が小さく見えて、ブランコもずいぶん古臭く見える。

そういえば三人で、あのブランコによく乗った。誰が一番高くこげるか競争しようと持ち掛けてくるのは、いつだって夏帆だった。

四歳年上の千尋は、もしかしたらつまらなかったかもしれないが、文句のひとつも言わず、瑞希たちに付き合ってくれた。

そして毎年花火大会の日は、この公園の奥にある『秘密の場所』で、三人で花火を眺めていたのだ。

瑞希はごくりと唾を飲み込んだあと、雑草を踏みしめ、ゆっくりと公園の奥へと進んだ。

蔦（つた）が絡まり合い、トンネルのようになっている低い木々をかき分け、中腰になってくぐり抜ける。

するとその先に、川を見下ろせるスペースが現れた。木の柵でまわりを囲まれた、小ぢんまりとした展望台のような場所だ。

昔は公園と続いていたようだが、草木の手入れをされないうちに、誰も足を踏み入れなくなった。そのおかげで子どもたちにとっては、大人の知らない、秘密基地のような場所になったのだ。

夜は薄暗いため、花火の日は懐中電灯を持って、肝試しのような感覚で出かけていた。

親には「そんな暗いところは危ない」と言われていたけど、安全な柵で囲まれているし、花火のよく見える穴場スポットだったので、毎年必ずここを訪れていたのだ。

「だからあの日も、夏帆と千尋はここに来たんだ」

ふたりだけで。

胸にちくんと痛みが走る。

瑞希は慎重に足を進め、川沿いに近づいた。そんなに高くはないが、その先はゆるい崖になっていて、川に続いている。足元は土で、ちょっと蹴ったらぼろぼろと石ころが川に向かって転げ落ちていった。

花火は柵に近づくほど、よく見える。おそらく夏帆はここに近づき、転びそうになって柵に手をつき……

瑞希は腕を伸ばし、柵に触れてみる。ぐらりと動く、不安定な感触があった。思いっきり体を預けたら、倒れて、崩れ落ちてしまうだろう。

「この柵のせいで……」

夏帆は柵ごと川に転げ落ち、そのあとを千尋が追った。不運なことに落ちた場所は急に深くなっていて、流れが複雑だった。

普段だったら千尋が溺れるわけなどないのに……千尋は夏帆を岸に押し上げたあと、力尽きて川底へ沈んでしまったのだ。

瑞希は深呼吸をして、自分自身を落ち着かせる。それから袋に入れてあった紙とガムテープを取り出し、柵に張りつけた。

『この柵は壊れています。危険！　絶対近づくな！』

池田の部屋で紙とペンを借りて、書いてきたものだ。

必要以上に過去は変えるなと池田に言われたけれど、このくらいはしてもいいだろう。

夏帆の代わりに他の誰かが落ちてしまったら大変だ。

念のため、公園を管理している町役場にも修理を依頼しようと思ったけれど、休日のせいで電話が通じなかった。

『修理のことは僕があとで町に掛け合っておきます。それより瑞希くんたちは、花火の時間、その場所へ絶対近づかないように』

池田にそう言われたから、これ以上はなにもできない。

とにかく今夜、ここに千尋と夏帆を近づかせないようにしなくては。

瑞希はもう一度心に誓って、その場をあとにした。


「池田先生。本当にお世話になりました」

夕方になり、瑞希は池田の部屋の玄関先で頭を下げた。

空は赤く染まっている。この空がもう少し暗くなったころ、いよいよ花火大会が開催される。今日は少し風が強いけど、この程度なら決行するはずだ。四年前のあの日も、風が強かったと聞いている。

　池田は静かにうなずき、瑞希に言った。

「事故が起こったのは、花火が始まってから、十五分後くらいだと言っていましたね」

「はい」

「その時刻は特に気をつけてください。小さな出来事を変えても、大きな出来事は変わらず、ほぼ同じ時刻に発生します。たとえば今夜、別の場所で花火を見ても、なにかしら危険なことが起きるかもしれません」

　池田も中学時代、過去に戻ったことがあるから、これは経験談なのだろう。

　そして瑞希も修吾の怪我を防げなかったことで、実感していた。

「はい。気をつけます」

　池田が瑞希の肩をぽんっと叩く。

「未来を変えて、四年後に笑顔で会いたいですね」

　池田の言葉に、胸がじんっと熱くなる。

「はい。四年後に会いましょう」

　うなずく池田にもう一度頭を下げて、瑞希は部屋を出る。

　待ち合わせ場所は中学校の校門。

　だけどそこへ行く前に、瑞希はもう一か所、寄る場所があった。

瑞希は実家の近くに来ていた。近所の家の生垣の陰に隠れ、見慣れた自宅を眺める。

さっき、母の車が駅方向へ走り去るのを確認した。今夜、東京から帰省してくる千尋を、迎えに行ったのだろう。

あの事故が起きた日、千尋は途中で車を降り、夏帆との待ち合わせ場所へ向かったそうだ。

「でも今日、千尋は夏帆と約束していない」

約束したのは瑞希だから。

千尋はこのまま母の車で家に帰り、どこにも出かけなければいい。そうすれば事故に遭うこともなく、彼の未来はまだまだ続くのだ。

車のエンジン音が近づいてきた。瑞希は生垣の陰から自宅を見つめる。

母の軽自動車が家の前に停まり、中から懐かしい人物が降りてきた。

「兄ちゃん……」

大きな荷物を持ち、母と会話しているのは、もう二度と会うことはないと思っていた、兄の千尋だった。

思わず涙があふれそうになり、ぐっと唇を噛みしめる。

「瑞希のやつ、ひとりでおばあちゃんちに、行っちゃったんだって？」

千尋の声が聞こえる。懐かしい声だ。その声をもっと聞きたくて、瑞希は見つからないようにしながら、そっと近づく。

「そうなのよ。千尋が帰ってくるから、もう少し待ってなさいって言ったのに」

「あいかわらずせっかちだな、あいつは」

千尋の笑い声が響く。胸がじんっと熱くなる。

「じゃあ今年の花火は、家の庭から見ようかな」

「あら、夏帆ちゃんは？　毎年三人で行ってるじゃない」

母の声に、思わず飛び出したくなる気持ちを抑える。

母さん、頼むから余計なことを言わないでくれ。

「今年は誘われてないんだ。夏帆にも他に行く人ができたんじゃないか？　友だちとか、彼氏とか」

急に罪悪感がこみ上げてくる。

「ごめん、夏帆……嘘ついて」

誰にも聞こえないようにつぶやく。

「でも来年は、千尋と行けるから」

ぎゅっと強く手を握りしめる。

「絶対、行けるようにするから」

母が玄関を開け、千尋を招き入れる。

「じゃあちょっと早いけど、ご飯にしましょうか。今夜は千尋の好きなもの作っておいたわよ」

「エビフライかな？」

「あたり！」

母が、背の高い千尋の背中をそっと押す。ふたりが笑い合いながら、家の中に入っていく。玄関が閉まったのを見届けて、瑞希はほっと息を吐いた。

空がうっすらと暗くなり始める。花火大会の時間が近づいている。

「今夜はこのまま家にいてくれよ。頼むから」

つぶやいた瑞希の後ろで、近所の家の玄関ドアが開く音がした。よくうちに料理をお裾分けしてくれるおばさんだ。見つかったらまずい。

瑞希は灯りの灯った自宅から離れ、夏帆との待ち合わせ場所に向かって走り出した。


待ち合わせ場所の校門に着いたが、夏帆はまだいなかった。校舎の時計で、時間を確認する。ちょうど約束の時刻だ。

瑞希の前を、浴衣姿の人たちが河原へ向かって歩いていく。みんな楽しそうに笑ったり、おしゃべりしながら。

けれど瑞希はだんだん不安になってきた。

何度も時計を確認する。約束の時間が過ぎていく。

夏帆は時間にうるさい。時間にルーズな修吾が遅刻してくるたびに、いつも怒っていた。だから待ち合わせ時間に遅れることなんて、ほとんどなかったのに。

「どうしたんだ？」

「なにかあった？」

まさか、もう川に落ちたとか？

『重大な過去を変えるのは、そう簡単なことではありません』

池田の言葉が頭に浮かび、背筋がぞくっと寒くなる。

「夏帆っ」

耐え切れなくなって名前を叫んだ。道を歩く人たちが、不思議そうに振り返る。

どうしよう。どうすればいい？

捜しに行こうか。でもどこに？　花火大会の会場に？　それともまだ家にいる？

「ああっ、どこにいるんだよ！　夏帆！」

「千尋くん？」

声が聞こえて、はっと振り返る。

そこには、きょとんとした顔で立っている夏帆がいた。いつものTシャツにショートパンツ、昨日買ったばかりの白いスニーカーを履き、キャップまでかぶって。

「夏帆っ！」

「ごめんね、遅れちゃって」

瑞希の前で、夏帆が笑う。

「これ買いに行ってたの。歩きながら食べようよ」

夏帆の手に、水色のアイスキャンディーが見えて、瑞希は泣きそうになった。

「千尋くん？　どうしたの？」

「ごめ……」

あわててこぶしで目をこする。

なにやってるんだ。泣いてる場合じゃないだろ？　このまま無事に花火を見て、四年後の世界に帰らなければ。

「千尋くんって……こんなに泣き虫だったっけ？」

「いや……これは……」

「なんだか瑞希みたい」

心臓がドキッと跳ねる。額から嫌な汗が流れてくる。

「み、瑞希って泣き虫だったか？」

「泣き虫だよ。滑って転んだときも、お母さんに怒られたときも、すぐ泣いてたし」

夏帆はくすっと笑ってから、「はい」とアイスを差し出した。

それを見た瑞希の頭に、真夏のプールと夏帆の笑顔が浮かんでくる。

瑞希はそろそろと手を出し、夏帆からアイスを受け取った。

「ありがとう」

夏帆がにこっと微笑む。

「行こう、千尋くん」

ほっと息をついた瑞希の腕を、夏帆が遠慮がちにつかんだ。

「いいかな？　今日だけ」

「えっ、い、いいけど」

「じゃあ、行こう」

瑞希を引っ張るようにして歩き出す夏帆を、あわてて止める。

「ちょっと待って！　どこ行くんだよ！」

「どこって、いつものところだよ」

「あそこはだめだ。今年は学校のプールから見よう」

「ええー？」

夏帆が不満そうに口をとがらせる。

「どうしてそんなこと言うの？　あたしいつもの場所で千尋くんと見たい！」

「プールからでもよく見えるんだよ」

「千尋くん、プールから花火なんか見たことないくせに」

「あ、いや、見えると思うんだ……たぶん」

あわてる瑞希の前で、夏帆がさらに駄々をこねる。

「プールなんかやだ！　いつもの場所がいい！」

頼むから、わがまま言わないでくれよ。ここのほうが安全なんだ。

すると夏帆が、急にしおらしい声でつぶやいた。

「だって……もう今年が最後かもしれないでしょ？　一緒に花火見られるの」

「え？」

夏帆がうつむいて、瑞希の腕をぎゅっとつかむ。

今年が最後って、どういう意味だ？

呆然とした瑞希の前で、夏帆がぱっと顔を上げ、口を開いた。

「お願い。もう二度とわがまま言わないから。幼なじみの最後のわがまま、聞いて？」

瑞希は黙って夏帆を見つめた。

こんな真剣な目で見つめられたのは、初めてかもしれない。

夏帆はなにを考えているんだろう。なんで『最後』なんて言うんだろう。

『気持ちが強ければ強いほど、その出来事を無理やり変えるのは、難しくなるのです』

池田の言葉が、また頭に浮かぶ。

そのときポンポンッと、音だけの花火が打ち上がった。もうすぐ花火大会が始まる合図だ。瑞希は自分の腕から夏帆の手を離す。

「千尋くん？」

そしてその手で、夏帆の手をぎこちなく握りしめた。

「じゃあひとつ約束して。この手を絶対離さないこと」

夏帆はきょとんとしたあと、少し頬を赤くして「うん」とうなずいた。


夏帆と手をつなぎ、もう片方の手でアイスをかじりながら、人の波に逆らうように歩く。もちろんあの場所へは行きたくない。だけど夏帆の『最後のわがまま』という言葉がどうしても引っかかり、断れなくなってしまう。

中学校からゆるい坂道をのぼると、すぐに公園が見えてきた。心臓がドキドキと胸がざわつく。

「やっぱり誰もいないね」

遊具のまわりにひと気はなかった。このあたりの人はみんな、より近くから花火を見るために、河原のほうへ出かけているのだろう。

瑞希は夏帆に引っ張られながら、滑り台やブランコの間を進む。トンネルのような草木をかき分けてさらに奥へ行くと、川を見下ろせる場所に出た。

「着いた！」

手すりのほうへ駆け出そうとする夏帆の手を強く引く。

「そっちに行っちゃだめだ」

「え、どうして？」

「見てみろよ、あそこに張り紙が……あれ？」

今朝、瑞希が張ったはずの紙がない。ガムテープだけが残っている。

その瞬間、強い風が吹き、夏帆が帽子を手で押さえた。

もしかしてさっき張った紙、風に飛ばされてしまった？

「どうしてだめなの？」

不思議がる夏帆の前で言葉が出ない。

壊れていると言っても、「どうして知ってるの？」と聞かれるだろう。

柵を倒して、危険なことを証明してみせようか？

『いま君は、千尋くんなんですよ？　事故に遭って亡くなるのは、君かもしれません』

いやだめだ。もしかして自分が川に落ちてしまうかもしれない。そんな危険は冒せない。

「と、とにかくだめなんだ。川に近づくのは危ない」

すると夏帆がくすっと笑った。

「千尋くんってば、お母さんみたい。小さいころからよく言われてたもんね、あたしたち」

そして瑞希に向かってにっこり笑いかけた。

「わかった、いいよ。ここから見よう」

瑞希は深く息を吐く。

そのとき夜空に、大きな花火が打ち上がった。

ドーン――

闇の中に、花火の音が響き渡る。

「わぁ……」

夏帆と同時に空を見上げると、次々と花火が空に開いた。

「キャー、すごい!」

「ああ……」

夜空に輝く、色とりどりの華。目を輝かせてそれを見上げる夏帆の頬も、花火の色に染まっている。

「すごい、すごい! 千尋くん、見てる?」

「見てるよ」

はしゃいでいる、夏帆の姿を。

去年も、一昨年も、その前も、ずっと見ていた。

これからもずっと見ていたいと思っていた。

「綺麗だねぇ……千尋くん」

夏帆の口から出た名前が、胸に刺さる。

夏帆……千尋じゃなくて、ごめん。嘘をついて、ごめん。

でももうすぐ、偽者は消えるから。来年夏帆は、本物の千尋とふたりで、こうやって花火を見られるから。

だからいまだけ……もう少しだけ……

ひときわ大きな花火が、夜空いっぱいに開き、低い音が腹の底に響いてくる。

「瑞希も来ればよかったのにね」

色鮮やかに染まる空を見つめながら、夏帆がつぶやいた。

「もう、最後かもしれないのに」

最後……

「夏帆。それどういう意味……」

「千尋くん」

夏帆の手が瑞希から離れ、斜めがけしていたショルダーバッグからなにかを取り出した。

「これ、もらってくれる？」

小さな袋は、あのショッピングモールにあった雑貨店のものだ。中身は見なくてもわかる。おそらくあのガラス玉のついたストラップだろう。

「いままでずっと、仲よくしてくれてありがとう。いっぱいお世話になったお礼」

「なに言ってるんだよ」

あたりが薄暗くて、夏帆の顔がよく見えない。

「これからもずっと、一緒だろ？」

「そうかな……」

夜空に花火が開く。夏帆のどこか寂しそうな表情が、暗闇に浮かび上がる。

「そうだよ。突然なに言ってるんだよ」

「でも、千尋くん、東京行っちゃったでしょ？　瑞希も来ないとか言うし……みんな変わっていっちゃうんだよね。いつまでも三人、仲良しの幼なじみでは、いられないんだよね」

夏帆はそんなことを考えていたのか。

「来年の夏、千尋くんは帰ってこられるか、わからないでしょ。瑞希もさ、もうあたしと花火なんか行ってくれないかも。だから今年が最後かなって思ったんだ。寂しいけど、仕方ないよね？」

瑞希はぎゅっと手のひらを握りしめた。

大丈夫。大丈夫だよ、夏帆。

たしかに三人で花火を見ることはないかもしれないけど……これから夏帆は、千尋とふたりで見ることができる。来年も再来年もずっと……

黙り込んだ瑞希の前で、夏帆はかすかに笑って、小さな袋を押しつけてきた。

「とにかくこれもらってよ」

瑞希は押しつけられた袋をじっと見下ろし、それを夏帆の手に戻す。

「受け取れない」

「え……」

だってこれは、大切な人に渡すものだろ？　夏帆の大切な人は、俺じゃない。

「いまは……受け取れない」

「どうして？」

瑞希は夏帆から視線をそらして、つぶやく。

「それは……花火が終わってからもらうよ」

夏帆が黙り込んだ。

ちらっと隣を見ると、困ったような表情を浮かべているのがわかった。

「だって俺、今日手ぶらで来ちゃったし。そんな大事なもの、ポケットに入れておいて、落としたりしたら大変だろ？　そうだ、明日それを持ってうちに来てくれないか？　そのときちゃんと受け取るから」

　夏帆は納得できないような顔をしていたが、仕方なくというように、袋をバッグにしまった。

「わかった。じゃあ明日、もらってくれる？」

「ああ」

　明日、千尋はきっともらってくれるよ。

「ありがとう。夏帆」

　瑞希の声に、夏帆がやっと笑顔になる。

　また大きな音がして、夜空が華でいっぱいになった。

「わぁ、すごい！　綺麗！」

「うわ、ほんとだ」

「瑞希も来ればよかったのに。ほんとにあいつバカ」

　バカは余計だ。

「わっ、いまの見た？　ハート形だったよ！」

「え、いまのがハート？　そうは見えなかったけど」

「絶対ハートだったじゃん！」

「絶対違うだろ」

「あっ、またハート！」

「え、どこ？」

「おっそーい！　もう終わっちゃったよ！」

夏帆が膨れる。その顔がかわいくて、瑞希は笑った。こんなに楽しい気持ちになるのは、何年ぶりだろう。

「あっ、見てみて、あれ、おっきーい！」

「ああ、すごいな」

特大のしだれ柳だ。尾が長く伸びて落ちてくる。

「空から星が降ってくるみたいだね」

夏帆の言うとおり、金色の星屑が、空から舞い落ちてくるようだった。

ずっとこうやっていられたらいいのに。

そっと手を伸ばし、夏帆の手を探す。指先と指先が触れて、瑞希はその手をつかもうとする。

「あっ……」

だけどその瞬間、強い風が吹いた。夏帆の帽子がふわっと宙に浮く。

「帽子がっ」

夏帆の手が瑞希から離れていく。はっと気づくと、夏帆の背中は、柵のほうへまっすぐ向かっている。

「夏帆！　待て！　そっち行っちゃだめだ！」

夏帆の足は止まらない。飛んだ帽子を夢中で追いかけている。その先にある壊れた柵を見ていない。

「だめだ！　夏帆！　止まって！」

帽子なんか、追いかけなくていいから。そっちの崖は危ないんだ。

瑞希は地面を強く蹴った。暗闇を駆け抜け、夏帆に向かって手を伸ばす。

帽子が柵の外側まで飛んでいく。夏帆が思いっきり柵に体を預け、身を乗り出す。

「きゃっ……」

ぐらりと柵が揺れた。夏帆の体と一緒に、崖のほうへ傾いていく。足元が崩れ、土や小石がバラバラと音を立てて崖から落ちる。

「夏帆っ！」

夏帆がスニーカーで地面を強く踏み、踏ん張った。しかしバランスを立て直すことができず、柵と共に、川のほうへ引き寄せられていく。

頼む！　間に合ってくれ！

「夏帆！　この手につかまれ！」

振り向いた夏帆と、暗闇の中で目が合った。川へ引きずり込まれそうになりながら、夏帆がとっさに手を伸ばす。

　夏帆は必ず助ける。千尋みたいな失敗はしない。夏帆は絶対泣かせない。

　この手で過去も未来も、変えてみせる！

　空に金色の華が開く。暗闇がパッと明るくなり、キラキラと輝く。

　瑞希の手がぐっと夏帆の手をつかんだ。そしてその体を、力いっぱい引き寄せる。

　夏帆を抱きかかえ、地面に尻もちをついたと同時に、ドーンッという花火の音が聞こえ、倒れた柵が崖から落ちていくのが見えた。

「夏帆……」

　目の前で夏帆が呆然としている。瑞希はそっと夏帆の体を離し、自分の手を見つめた。

　この手が届いた。夏帆は川に落ちなかった。自分も無事だった。

　ちらりと視線を移すと、夏帆の真新しいスニーカーが泥で汚れていた。下駄だったらもっとバランスを崩して、危なかったかもしれない。

「帽子が……」

　すると花火の音にまぎれ、夏帆の声が聞こえてきた。

「帽子が、落ちちゃった」

　瑞希ははっと顔を上げ、目の前に座り込んでいる夏帆に叫ぶ。

「帽子なんかいい！　近づくなって言ったのに、どうして言うこと聞かないんだよ！　お前まで落ちるところだったんだぞ!」

「でもあの帽子は……」

夏帆の顔が歪んでいる。

「瑞希が買ってくれた、大事な帽子だから」

その瞬間、中学入学前に行った、ショッピングセンターを思い出した。

親とはぐれ、ふたりで店内を歩き回っていたとき、夏帆が白いキャップを手に取ったのだ。


「これ、かわいー!」

「かわいいか? これが?」

夏帆が選んだ帽子は、どっちかというとボーイッシュでかっこいい感じだった。けれど瑞希は、ショートヘアの夏帆には似合うかもしれないと思っていた。

「これ欲しいな。でもお金持ってないし」

「お母さんに頼めよ」

「だめだめ。この前、靴買ってもらったばかりだから、もう買ってくれないよ」

そう言いながら夏帆は名残惜しそうに、帽子を元の場所に戻した。その姿を見ていたら、思ってもみないことを口走ってしまったのだ。

「それ、俺が買ってやるよ」

「え？」

きょとんっとしたあと、夏帆が身を乗り出してきた。

「うそ、ほんとに？　瑞希が買ってくれるの？」

「う、うん。小遣い一応持ってるし」

「あ、わかった。あとで金返せって言うんでしょ？」

「言わないよ！　プレゼントしてやるって言ってんの！」

「なんか優しすぎて怖いけど……」

夏帆はじいっと瑞希の顔をのぞき込んだあと、にかっと笑った。

「やったー！　ありがと、瑞希！　絶対大切にする！」

あの日の笑顔をずっと覚えていようと思ったはずなのに、いつの間にかすっかり忘れてしまっていた。


「帽子なんかいい」

瑞希はもう一度手を伸ばし、夏帆の背中に触れる。

「帽子なんかより、夏帆のほうが大事だから」

はっとした顔の夏帆の体を抱き寄せる。

「帽子なんか、またいくらでも買ってやる」

空で花火が鳴り響く。その音を聞きながら、夏帆の体をぎゅっと抱きしめる。

その体はあたたかくて、やわらかくて。夏帆は生きているんだと、あらためて感じた。

「もしかして……」

瑞希の腕の中から、夏帆の声が聞こえる。

「泣いてる？」

首を横に振ったけど、どうしても涙が止まらない。

手をゆるめたら、夏帆がゆっくりと離れた。

目が合ったその瞳に、瑞希の顔が映っている。

夏帆が手を動かした。その指先が、瑞希の目元に触れ、そっと涙を拭う。

「瑞希？」

その声にはっとする。

「もしかして瑞希なの？」

夏帆のまっすぐな視線が、瑞希だけを見つめている。

なんとか首を横に振ったけど、なにかしゃべったら、すべてがばれてしまいそうな気がした。

だって幼いころからずっと、夏帆は瑞希のそばにいたから。

再び大きな音が響き、夜空に真っ赤な華が開いた。目の前の夏帆の顔も、赤く染まる。

ああ、もうすぐ花火が終わる。花火が終わる前に夏帆を送り届け、自分もプールに飛び込まなければ。

「夏帆……」

なんとか声を絞り出したとき、目の前にいる夏帆にライトが照らされた。

「そこにいるのは、夏帆か？」

暗闇から聞こえる男の声。その声を瑞希はよく知っていた。

千尋だ。

姿はよく見えないが、スマホの灯りをこちらに向けて、近づいてくる。

とっさに夏帆の顔を見た。夏帆は呆然とした表情で、瑞希とライトを持った人物を見比べている。

きっと頭が混乱しているのだろう。当たり前だ。

千尋と一緒にいたはずなのに、もうひとり、千尋らしき人間が現れたのだから。

「夏帆なんだな？　捜してたんだぞ？」

瑞希は息をひそめる。これ以上ここにはいられない。

「近所のおばさんが教えてくれたんだ。夏帆が俺と花火大会に行くって言ってたって。そんな約束してないのに、どういうこと……」

そこでピタッと足が止まる。夏帆を照らしていたライトが、こちらへ動く。

「誰だ?」

そこでやっと、千尋はもうひとりの人物に気づいたようだ。

瑞希は夏帆の手を握りしめた。夏帆がびくっと肩を震わせる。

「夏帆、ふたりで家に帰るんだ」

「え……」

「ここは危ないってわかっただろ? だからこのままどこにも寄らないで、まっすぐ家に帰れ。わかったな」

そう言って手を離した。夏帆が自分を見つめている。

「さよなら。夏帆」

瑞希は立ち上がり駆け出した。夏帆を残して、ライトのほうへ向かって走る。

「待って!」

夏帆に呼び止められたが、振り向かずに突っ切ろうとした。

「待て!」

しかしそんな瑞希の腕を、千尋がつかんだ。とっさに振り向いたら、暗闇の中に、懐かしい兄の顔が見えた。

胸の奥から、複雑な感情が押し寄せてくる。

幼いころから、一番近くにいた兄。瑞希にとって憧れであり、誇らしい存在だった兄。もう二度と会えないと思っていた兄。

その兄がいま、目の前にいるのだ。

「え……瑞希？」

自分の名前を呼ばれ、瑞希は顔をそむけ、千尋の手を振り払った。

「待てよ！」

暗闇の中に声が聞こえる。

瑞希は振り返らず、草木をかき分け、遊具の間を走り抜けた。

まさかここに千尋が来るとは思わなかった。大丈夫だろうか。

どうかこのままなにも起きないで。ふたり無事に家に帰って。

空では花火が鳴り響いていた。瑞希はそのまま公園を飛び出した。


「あっ」

公園を出たところで立ち止まった。

目の前にひとりの男が立っていた。真夏だというのに真っ黒なコートを羽織り、黒いマスクに黒いサングラスをかけた、見るからに怪しげな……

「池田先生？　なにやってるんですか？」

ゆったりとしたしぐさでサングラスを外したのは、思ったとおり池田だった。

「そんな変な格好で……なんでこんなところにいるんですか！」

池田は瑞希を見て、あきれたようなため息をつく。

「やっぱりここにいたんですね、瑞希くん。学校のプールで見ると言っていたのに」

「すみません。でも夏帆の事故は防げました。一瞬危なかったけど」

「ふたりが事故に遭ったはずの時間は過ぎました。おそらくもう大丈夫だと思います」

池田は腕時計を確認してからそう言うと、瑞希の背中を押した。

「さあ、早くプールに飛び込まないと。花火が終わってしまいます」

「はい。でも……」

「本物の千尋くんがここに来たんでしょう？」

「なんでそれを？」

「花火が始まったころから、念のため、千尋くんを監視していたんです」

監視って……もしかして変装のつもりで、こんなおかしな格好を？　余計に目立ってしまうと思うが。

「そうしたら、近所のおばさんが瑞希くんのお宅に料理のお裾分けを持ってきて、そのとき余計なひと言を……」

言いかけた池田が、瑞希の後ろを見てはっとする。

「ふたりが戻ってきたようです。瑞希くん、早く行って」

「あの……」

「わかってます。ふたりが無事に家に着くまで、このまま監視を続けます」

「先生……」

池田がぐっと親指を立てた。似合わないその姿に、思わず笑いが漏れてしまう。

「先生！　ありがとうございます！」

「早く行きなさい！」

「あの、先生、俺……いつか先生みたいな先生になりたいです！」

池田が目を丸くして、すぐに手で瑞希を追い払う。

「いいから早く行きなさい！」

「はい！」

池田に背中を向け、走り出す。

いま言うことじゃないけれど、本当にそう思っているんだ。

こんな自分でも、できることがあるって、先生が教えてくれた。だからいつか自分のような生徒がいたら、背中を押してあげられるような教師になりたい。

坂道を駆け下り、一気に学校まで走り抜ける。道端では近所の人たちが、花火を見て歓声を上げている。

もうすぐクライマックスだ。本当はあのふたりが家に帰るまで見届けたかったけど、もうそんな時間はない。

あとは池田先生に任せて、四年後の世界に戻ろう。

学校のフェンスをよじ登り、プールサイドに侵入する。こんな夜にこんなところに入りこんで、完全に不審者だけど、いまはそれどころじゃない。

「あ……」

ドーンッと音が鳴り響き、色とりどりの花火がプールの水面に映る。

赤、青、緑、紫……見慣れたはずの水面が、華やかに色づき揺れている。

瑞希はごくんっと唾を飲んだ。

はっきり言って、水はまだ怖い。だけど飛び込まなければ、元いた世界に戻れない。

戻った世界はきっと変わっているだろう。

千尋は生きていて、瑞希の家族は昔のままで、夏帆は笑っていて……そんな世界になっていればいい。

千尋の隣にいる夏帆を見るのは、たぶんつらいと思うけど。でも夏帆の泣き顔を見るよりずっといい。

「夏帆……」

次々と花火が打ち上がる。ゆらゆら揺れる水面が、鮮やかに彩られる。

瑞希はその音を聞きながら、タイルを蹴った。水面に浮かぶ花火めがけて、頭から飛び込む。

ドボンッ――

鮮やかな水面から、深くて暗い水の底へ吸い込まれながら、瑞希はゴールを必死に探し求めた。

◇

『もう瑞希ってば、いつまで泣いてるのよ』

幼い女の子の声が聞こえてくる。目を開けると、Tシャツにショートパンツ姿の、髪の短い女の子が前を歩いている。

懐かしい川沿いの田舎道。ただその光景はぼんやりとにじんでいて……自分の目から涙があふれていることに気がついた。

『もうっ、ほんとに瑞希は泣き虫なんだから！』

そう言って、怒った顔で振り向いたのは、まだ小学校に上がる前くらいの夏帆だった。

ごしごしと目元をこすってよく見ると、夏帆の下半身はずぶ濡れだ。

ああ、そうか。これは幼稚園のころの夏休み。河原で足を滑らせ転んだ瑞希を、夏帆が引っ張り上げてくれた日だ。

子どもだけで川に近づいてはいけないと言われていたのに、瑞希の持っていたボールが土手の上から転がり落ち、あわてて追いかけて行ったら、いつの間にか水辺まで来てしまった。

そこで見事に足を滑らせ、水の中に前のめりで突っ込んだ。

幸い浅瀬だったし、怪我もなかったけれど、驚いた瑞希はその場で泣き出してしまったのだ。それを救ってくれたのが、夏帆だった。

『大丈夫？』

夏帆の声が、頭の上から降ってくる。

『ほら、瑞希。この手につかまって』

小さな手が、瑞希に向かって差し伸べられる。その手がすごく頼もしくて、反対に弱虫な自分が情けなくて、また涙が出てきたんだっけ。

『いつまでも泣かないの！』

田舎道で立ち止まった夏帆が、瑞希の顔を睨みつける。そして近づいてきたと思ったら、その指先でそっと、瑞希の涙を拭ってくれた。

呆然とする瑞希の前で、夏帆はにかっといつものように笑った。

『でもこれ、きっとお母さんに怒られちゃうね』

夏帆は瑞希と自分の濡れた服を見比べて、そう言った。瑞希の頭に母の怒った顔が浮かんで、また涙があふれそうになる。

『あたしのお母さん、怒ると怖いんだよねー』

『……うちもだよ』

『瑞希、お母さんに怒られて、また泣いちゃうんでしょ？』

けらけら笑い出した夏帆を見て、瑞希はつぶやく。

『夏帆は……どうして泣かないの？』

転んだときも、怒られたときも、いじわるな子に嫌なことを言われたときも……いつだって夏帆は涙を見せない。

そんな幼なじみの女の子のことが、瑞希は不思議で仕方なかった。

『えー、だってぇ』

夏帆はちょっと照れくさそうに笑って答える。

『あたしが泣いたら、瑞希を守ってあげられないでしょ？』

その言葉が、やけにショックだった。

『ぼ、ぼくは……夏帆なんかに守られなくてもいい！』

『えー、弱いくせに』

『つ、強くなるもん！』

『ほんとかなぁ？』

夏帆が瑞希の顔をのぞき込み、意地悪く笑う。そしてそのあと、瑞希の目を見つめてこう言った。

『じゃあ約束できる？　いつかあたしがピンチのとき、瑞希が助けてくれるって』

『や、約束できる！』

『だったら指切りしよう』

夏帆の細い小指が、瑞希の前に差し出される。瑞希はその指に、自分の小指を絡ませた。

『ゆーびきりげーんまん、嘘ついたら針千本のーます！』

歌うように言ったあと、夏帆は瑞希から指を離し、にっこり笑った。

『瑞希が強くなるのを、楽しみにしてるね』

夏帆の笑顔を見ながら、幼い瑞希は一生懸命考えた。

夏帆より強くなるには、どうしたらいいんだろう。

夏帆より背が大きくなって、夏帆より足が速くなって、夏帆より力が強くなって……もっともっとがんばらなくちゃ。

そう思っていろんなことをがんばってきたつもりだった。でもどんなにがんばっても、瑞希には越えられない壁があったのだ。

『千尋くんってすごいよね！　また百点取ったんでしょ？』

『千尋くんの泳ぎ、見た？　カッコいいよねぇ』

夏帆の憧れの人、千尋に、どうしても追いつけない。

だからいつしかがんばることをやめてしまって……自分はなにもできないんだとあきらめていた。

だけど――

『夏帆！　この手につかまれ！』

この手は届いた。夏帆を救えた。

どうか、どうか、夏帆に笑顔が戻りますように。

いつまでも千尋の隣で、笑っていられますように。

「がほっ……」
息を思いっきり吐き出した。目を開けると、真っ暗な水の中にいた。
ここはどこだ？　苦しい。息ができない。
見渡す限り、暗い暗い水の底。どこへ行けばいいのかわからない。

このまま、死んでしまうのだろうか。

「い、いやだ……」

たとえ未来が、自分にとってつらいものだとしても、まだ死にたくはない。

せめて、せめて、自分のしたことが正しかったかどうかを、この目で確かめたい。

夏帆の笑顔を――もう一度、見たいんだ。

「……ずき」

声が聞こえてはっとする。

「みずき」

溺れそうになりながら、声のする方向を見上げる。

「瑞希！」

暗闇の中に一筋の光が見えた。

夏帆が呼んでいる。

必死に水をかき、足で蹴り、光に向かって浮かび上がる。

光は瑞希を導くように、赤、青、緑、紫と色を変えていた。まるで夜空に輝く、打ち上げ花火のように。

「夏帆っ……」

最後の力を振り絞り、水面に顔を出す。バシャッと跳ねた水しぶきと共に、ドーンッという腹の底に響くような音が聞こえた。

「……花火」

見上げた夜空にいくつもの華が開いていく。そしてその華が一気に散って消えたとき、瑞希の耳に声が聞こえた。

「瑞希？」

はっと声のした方向を向く。プールサイドに膝をつき、こちらをのぞき込んでいる人の姿。

「なんで……」

足がついていることを確かめ、ゆっくりと水の中を進んでいく。空にまた花火が上がり、水面とその人の顔が、金色に染まる。

「夏帆がここに？」

プールの端まできて、はっきりわかった。いまにも泣き出しそうな表情で、瑞希を見つめているのは、中学生ではない夏帆だった。

長い髪をアップにして、紺色の生地に朝顔の柄の浴衣を着ている。

「なんで……」

もう一度つぶやいた瑞希の前で、夏帆がくしゃっと笑う。やがてその瞳から、ぽろりと一粒、涙が零れ落ちる。

「夏帆……」

泣きながら笑いかけてくれた夏帆の上に、鮮やかな花火が打ち上がった。

びしょ濡れの姿でプールサイドに上がると、瑞希はその場にへたり込んだ。体がすごく重たくて、息が苦しい。

「大丈夫？」

だけどいまはその苦しさよりも、この状況がどうなっているのかを知りたかった。

「なんとか……大丈夫」

そっと顔を上げて、目の前の夏帆を見る。潤んだ瞳の夏帆が、優しく微笑む。

そんな夏帆の後ろには、古い緑色のフェンス。

間違いない。ここは瑞希のよく知っている、中学校のプールサイドだ。そして目の前にいるのは、十九歳の夏帆。

「えっと、いまは……何年の何月何日？」

夏帆はくすっと笑うと、そばにあったバッグの中からスマホを取り出した。そして画面を開いて瑞希に見せる。

【二〇二三年八月十五日】

そこにはそう表示されていた。

「戻って……来たんだ」

四年後の世界に。だけどどうして――

「これ、使って」

いつの間にか取り出した大きなタオルを、夏帆が瑞希に差し出してくる。

『タオルはいっぱい持ってるの』

中学生の夏帆の言葉を思い出しながら、瑞希はそれを受け取る。

「……ありがとう」

夏帆に渡されたタオルで顔を拭うと、懐かしい柔軟剤の香りがした。

瑞希は一息ついてから、夏帆に尋ねる。

「夏帆……なんでここに？」

すると瑞希の前に座り込んだ夏帆が、静かにつぶやいた。

「待ってたの」

「え？」

「ここであなたに会える日を……ずっと待ってた」

夜空に花火が打ち上がる。大人びた夏帆の顔が、赤く染まる。

夏帆が待ってた？　ここで？　俺に会えるのを？

頭の中が混乱して、わけがわからない。

自分が過去を変えたせいで、未来がおかしくなってしまったのだろうか？

頭を抱えた瑞希の顔を、夏帆がのぞき込んでくる。

「瑞希？」

「待って……ちょっと俺、頭が混乱してて……」

言いかけた瑞希の言葉を、夏帆が強い口調でさえぎった。

「混乱したのはわたしのほうだよ！　千尋くんになりすまして、嘘ついて、わたしを騙してたんでしょう？」

「え……なんでそれを……」

「その上、本物の千尋くんが現れた途端、突然いなくなっちゃうんだもん。ひどすぎるよ！」

「千尋……」

その名前を聞き、瑞希は身を乗り出した。

「千尋はっ……千尋は生きてるのか？」

すると夏帆が、穏やかな顔つきに戻って、「うん」とうなずいた。

千尋は生きている。あの事故は、ちゃんと防げたんだ。

ということは、いま、千尋と夏帆は……

瑞希は姿勢を正すと、覚悟を決めて夏帆に尋ねた。

「じゃ、じゃあ、あのあと……夏帆は千尋と……付き合った？」

「うん。付き合ったよ」

深く息を吐く。

よかった。思い描いたとおりの未来になったんだ。

あらためて、夏帆の姿を見る。

千尋に大人っぽく見られたいと思って買った、朝顔柄の浴衣。

正直、中学生の夏帆に、そんな浴衣は似合わないのではと思っていたけれど、いまの夏帆には、すごく似合っている。

「そうか……よかった……」

目の奥がじんっと熱くなる。思いどおりになってホッとしたのと同時に、寂しい気持ちが湧き上がってくる。

もう夏帆と、ふたりだけで花火を見ることはないのだ。

そんな瑞希の前で、夏帆が言った。

「でも……さっき、別れたの」

「えっ！」

思わず叫んでしまった。

「わ、別れた？」

ちょっと待て。それってどういうことだ？

瑞希はあわてて、早口で尋ねる。

「別れたってなに？　付き合ったのに別れたってこと？　しかもさっきって……」

「いいからわたしの話を聞いて」

瑞希の口元に指を一本当てて、夏帆がいたずらっぽく笑う。瑞希は口を結んで、おとなしく夏帆を見た。

「四年前、瑞希が突然いなくなったあと、すごく大変だったんだからね。本物の千尋くんが現れたときは、わたしもパニックになりかけたし。まぁ、うっすら気づいてたけどね」

「気づいてたって……」

「もしかしてこの人、千尋くんじゃないのかも。ひょっとして瑞希なんじゃないかって」

呆然とする瑞希の前で、夏帆がまた笑う。

「それに、千尋くんにも気づかれてたよ？」

「えっ？」

「花火大会の日、一瞬だけすれ違ったでしょ？　それだけでピンッときたって。やっぱり兄弟ってすごいよね。あ、千尋くんだからすごいのか」

「そんな……」

あの一瞬で、やっぱり気づかれてしまっていたのか。

頭を抱えた瑞希の耳に、夏帆の声が聞こえる。

「だけどそれきり、瑞希は現れなくなっちゃって……だけどわたし、あの夏に会った瑞希のことが、ずっと忘れられなかった。それであるとき、ふと思い出したの」

夏帆が懐かしそうに目を細める。

「ここで池田先生に聞いた、タイムスリップの話を」

そうか。夏帆も思い出したんだ。

「それでわたし、千尋くんと一緒に池田先生のところに行って、問い詰めたの。そしたらあっさり教えてくれたよ。瑞希が千尋くんとわたしを助けるために、過去に戻ってきたってことを」

瑞希は濡れた髪をくしゃくしゃとかく。

全部バレていたなんて……カッコ悪すぎる。

だけどそんな瑞希に夏帆が言う。

「わたし嬉しかった……すごく」

静かに顔を上げると、夏帆と目が合った。その瞳に映るのは、情けなくてカッコ悪い自分の姿だ。

だけどそんな自分でも、過去を変え、未来を明るくすることができたのだ。

「池田先生には、瑞希のしたことは、過去を変えてしまうとんでもないことなんだって言われた。この話を口外してはいけないのはもちろん、これ以上過去を変えるのもよくないって。だからわたし、中学生の瑞希とも、なにごともなかった顔をして、いままでと変わらずに過ごそうって決めた。四年後、あの夏の瑞希と会える日まで」

戸惑う瑞希に向かって、夏帆が続ける。

「それを千尋くんに伝えたらね、千尋くんがわたしに言ったの。俺と恋人同士のふりをしないかって」

「恋人同士のふり？」

夏帆がうなずく。

「もし、いまの瑞希が告白してきたらどうするんだって。夏帆は断れるのかって。それに四年間のうちには、別の男から告白されるかもしれないぞって」

千尋がそんなことを？

「それで四年間、千尋と恋人同士のふりをしてきたってこと？」

「うん。恋人がいるってことにしていただけだから、一緒にいる時間も少なかったけどね。本当の恋人っぽくはなかったかも」

ということは、もうひとりの『俺』は四年間、ふたりが付き合ってると思い込んでいたのか。

瑞希はなんだか申し訳ない気持ちになる。自分で自分に罪悪感を抱くなんて、おかしな話だけれど。でもこの複雑な想いを、ずっと引きずっていくことになるのだろう。もしかしたらそれが、池田先生の言っていた「過去を変えた代償」なのかもしれない。

「そしてさっき、千尋くんとは別れたの」

花火の音があたりに響いた。瑞希を見つめる夏帆の顔が、鮮やかに染まる。

「ずっと待ってた。この日、ここで、瑞希と会えるのを」

「夏帆……」

夏帆はバッグの中から、小さな袋を取り出した。

「これ、瑞希の分」

「え……」

その袋に見覚えがある。あのショッピングモールの雑貨店の袋だ。

中身はきっと、ガラス玉のストラップ。大切な人にプレゼントすると、その人は、一生幸せになれるっていう……

「もちろん千尋くんにもあげたよ。花火大会の次の日にね。千尋くんにも幸せになってほしかったから」

夏帆はあのあと、ちゃんと本物の千尋に渡せたんだ。

「千尋くんのことは、大好きだったの」

【大好きだよ】

実家で見た、千尋宛ての手紙に書かれた、夏帆の文字を思い出す。

「でもそれは、幼なじみのお兄ちゃんに対する憧れだったんだ。わたし他に気になってる人、いたし」

夏帆と目が合い、照れくさくなる。

「あの日、ちゃんと瑞希の分も買ってあったんだよ。でも中学生の瑞希にはあげなかった。四年間、大切に持ってたの」

いたずらっぽく笑った夏帆が、袋を瑞希に差し出す。

「今度はもらってくれるかな？」

照れくさそうに首をかしげる夏帆の顔が、花火に彩られる。

ずっとずっと瑞希も待っていた。こんなふうに、夏帆とまっすぐ向かい合える日を。

「もちろん」

そっと手を伸ばし、夏帆から袋を受け取る。

「ありがとう。夏帆」

静かにうなずいてから、夏帆が言う。

「ね、開けてみて？」

瑞希もうなずき、袋を開く。中から出てきたのは、つい昨日見た、ガラス玉のストラップ。まるで透明な水の中みたいな。

でもこのストラップは、夏帆が四年間、大事に持ち続けてくれたものだ。いまここにいる自分に、今夜ここで手渡すために。

「瑞希が、幸せになりますように」

夏帆の声が、大きな花火の音にかき消される。瑞希はそんな夏帆の手をとり、しっかりと握りしめた。

「俺の願いも……聞いてくれる？」

戸惑うように、夏帆がうなずく。瑞希は花火の上がった空を見上げて、ずっと思っていたことを口にした。

「夏帆が、いつまでも笑顔でいられますように」

握った手に力を込める。

「そして来年も再来年も……一緒に花火が見られますように」

瑞希の隣で夏帆も空を見上げる。そしてその手を握り返す。

「来年も一緒にここに来ようね。瑞希」

夏帆の声に瑞希はうなずく。

空に最後の花火が打ち上がる。金色の光が空から落ちて、プールの水面が美しく輝く。

あの夜、ここからひとりで見上げた花火を、瑞希はいま、夏帆とふたりで見上げていた。

「え、池田先生、もうこの町にいないの？」

花火大会が終わったあと、プールサイドから抜け出し、家に向かってふたりで歩いた。

しっかりと手はつなぎ合ったまま。

瑞希の服はびしょ濡れだったが、田舎道の暗闇なら誰にも気づかれないだろう。

「うん。瑞希が未来に帰ったあと、少しして学校辞めて、町を出ていったの。昔の彼女を追いかけていったらしいって、しばらく噂になってた」

「あ……」

もしかして瑞希があおったからかもしれない。

先生は未来を変えるために、行動を起こしたんだ。

「いま、先生はどうしてるんだろう」

すると夏帆がくすっと笑って答えた。

「彼女と結婚したんだよ。結婚式の写真と手紙が送られてきた」

「えっ、マジで？」

「うん。すっごく幸せそうな顔してたよ」

よかった。池田先生は幸せになれたんだ。

「そうだ、これも渡さなきゃ」

夏帆がまた、バッグの中からなにかを取り出す。

「これは瑞希の分」

「え？」

「わたしへの手紙と一緒に、入ってたの」

立ち止まり、半分に折られた便せんを受け取る。街灯の下へ行き、薄暗い灯りに照らされた、池田の文字を読んだ。

『瑞希くんがタイムスリップしてきたこと、夏帆さんと千尋くんに話してしまいました。ちょっとしゃべりすぎたかもしれません。すみません。でも瑞希くんのおかげで、夏帆さんも千尋くんも、そして僕も……みんなこうやって笑っていられるのです。僕たちを幸せにしてくれて、本当にありがとう』

胸がじんっと熱くなる。

「瑞希のおかげだよ」

夏帆の声が聞こえて、隣を見る。

「瑞希のおかげで、先生はもう一度彼女に会いに行く決意をしたんだよ。瑞希は先生も変えた。すごいことをしたんだよ」

「そんなこと……」

照れくさくなって顔をそむける。

どちらかというと、先生には迷惑をかけてばかりだった。

「あっ」

そこで瑞希は思い出した。池田にはたくさんお金を借りていたのだ。四年後に笑顔で会おうと約束したのに、いなくなってしまうなんて……

「なぁ、夏帆。池田先生がいま住んでるところ、知ってる?」

「封筒に住所が書いてあったけど……」

「それ今度見せて!」

「いいけど……先生に会いに行くの?」

「うん、行きたいんだ。お礼も言いたいし」

そこで少し考えてから、夏帆に聞く。

「夏帆も一緒に行かないか?」

ふたりが元気な姿を、先生に見てほしい。

すると夏帆が、くすくすと笑い出す。

「行ってもいいけど……先生の住所って、アメリカだよ」

「えっ、海外かよ!」

「飛行機代、瑞希が出してくれるなら、行ってもいいかなぁ……」

夏帆が楽しそうに笑っている。その笑顔を見ているだけで、瑞希も嬉しくなってくる。

「先生に会いに行くのは考えておくとして……そういえばこれ。プールサイドで拾ったんだけど」

そんな瑞希の前に、夏帆が一本の棒を見せる。

「あっ、それは……」

アイスのあたり棒。きっと瑞希がタイムスリップする前に食べたものだ。

でもあのときから未来は変わったはずなのになんで……いや、よくわからないけど、とにかくこれは……

「俺のだ！」

夏帆がさっと棒を遠ざける。

「わたしが拾ったんだもん」

「でも俺が当てたやつだ」

「証拠は？」

「証拠なんて……ないけど」

うーんとうなる瑞希を見て、また夏帆が笑う。

こんなふうにふざけ合える日が来るなんて、夢のようだ。

「今度この棒持って、一緒にアイスもらいにいこう？」

夏帆の声に、あの商店のおばあさんを思い出す。

「夏帆は……あの店で働いてるんじゃないのか？」

「え、なんで？　わたしまだ大学生だよ？」

「そっか」

　おばあさんは言っていた。

『過去を変えることはできないんだよ』

　だけど、あの不思議な言い伝えと、瑞希が起こした行動によって、過去は変わり、未来も新しくなったのだ。

　そしてもう二度と、タイムスリップはできない。だから、自分の力で手に入れたこの未来を、大切にしたいと思う。

「久しぶりにおばあさんに会いたいな」

「うん。ふたりで会いに行こうよ」

「それならすぐにできそうだな」

　やがて懐かしい我が家が見えてくる。するとそばから、瑞希を呼ぶ声が聞こえた。

「おかえり、瑞希」

「兄ちゃん！」

　そこにいたのは千尋だった。こっちを見てにこやかに微笑んでいる。瑞希は思わず、夏帆の手を離し駆け寄った。そして両手を伸ばし、千尋の頬をぺたぺたと撫でまわす。

「生きてる……千尋兄ちゃんが生きてる……」

「ああ、生きてるよ。お前のおかげでな」

顔を上げると、千尋が瑞希の頭に、ぽんっと手をのせた。

「ありがとう、瑞希。がんばったな」

「兄ちゃん……」

あの千尋に……なんでもできる、完璧人間の千尋に……褒めてもらえた。

涙が出そうになって、あわてて顔をそむける。

「全部バレてたなんて、カッコ悪すぎる」

「ははっ、お前は詰めが甘いんだよ」

千尋の懐かしい笑い声が聞こえる。夏帆もくすくす笑っている。

瑞希は少し考えて、千尋に向かって言った。

「でも四年間も、兄ちゃんの時間を奪っちゃって……もしかしたら本物の彼女とかできたかもしれないのに……」

「なに言ってんだよ」

千尋が腰に手を当て、胸を張る。

「そのくらいさせろ。それにお前も知ってると思うが、俺はモテる！　これからいくらでも彼女なんかできるさ」

夏帆がぷっと噴き出して、千尋がははっと笑っている。そんなふたりを見ていたら、瑞希も自然と笑顔があふれた。

「四年間、夏帆のことは守ったからな。今度はお前の番だぞ」

千尋に肩を叩かれて、瑞希は「うん」と答えた。

兄が守ってくれた大事な幼なじみを、今度は俺が守ってあげられるようになりたい。

「あら、千尋に瑞希……夏帆ちゃんもいるじゃない。みんな一緒だったの？」

その声に顔を向ける。暗がりの中から並んで現れたのは、瑞希の両親だった。

「母さん……父さん……」

今度はふたりに駆け寄る。ふたりは不思議そうに瑞希を見る。

「母さん……俺が誰だかわかるの？」

「なに言ってるの？　あなたは瑞希に決まってるじゃない」

ああ……もう、千尋の代わりなんかじゃないんだ。

千尋のふりをして、生きていかなくてもいいんだ。

「どうしたの、瑞希。泣いてる？」

「な、泣いてない」

ごしごしと目をこする。

母さんが「瑞希」と呼んでくれた。父さんと仲よく外を歩いている。

たったそれだけのことが、こんなに嬉しくて幸せなことだったなんて。

「おかしなやつだな」

「それにどうして濡れてるの？　また川に入ったんじゃないでしょうね？」

あきれ顔の父と母。

「瑞希ったら、お母さんが花火に誘っても、ひとりで見に行くからいいって言って出かけたくせに、夏帆ちゃんと一緒だったなんてね」

「そりゃあ、この年で母親と花火なんて行くわけないだろっ……て、そうじゃなくて……えっと……」

ちらっと隣を見ると、夏帆が笑って答えた。

「はい。瑞希くんと一緒に花火を見てました」

「花火綺麗だったわよねぇ」

「ええ、とっても綺麗でしたね」

「そうだ。家に帰って、みんなでご飯食べましょう。お母さん張り切って、エビフライとハンバーグ作ったの。夏帆ちゃんもいらっしゃいよ」

「はい。ではお邪魔します」

夏帆がそう言ってから、瑞希の顔をのぞき込み、いたずらっぽく言う。

「瑞希は本当に、泣き虫だなぁ」

「うるさいな、いいんだよ！　これは嬉し泣きなんだから！」

だけど涙は、今日で最後にしよう。

明日からはこの世界で、自信を持って生きていこう。

千尋も、両親も、夏帆も、みんなが笑っているこの世界で。

「じゃあ、みんなうちに帰ろう」

父の声に、母と千尋がおしゃべりしながらついていく。

その後ろで夏帆が瑞希の手を、ぎゅっと握った。

「ありがとう、瑞希。わたしたちに明るい未来をくれて」

大好きな夏帆の笑顔が、目の前で花のように開く。

瑞希も笑顔を見せて、夏帆の手を強く握り返した。

エピローグ

中学校の校庭に響き渡る、野球部の金属バットの音を聞きながら、瑞希はひとりでプールサイドに向かう。

降り注ぐ、真夏の日差し。空の色を映した、青いプール。生ぬるい風と、騒がしい蝉の声……。

ここは、瑞希が泳いでいた中学生のころと、まったく変わらない。

まぶしさに目を細めてプールの水面を見つめると、たったひとりの水泳部員が、ちょうど泳ぎ切ったところだった。

「海斗(かいと)！」

名前を呼び、駆け寄っていく。水から上がった男子生徒が、わかりやすく顔をしかめ、瑞希を見る。

「なにしに来たんだよ」

「なにしにって……」

瑞希は持っていた水色のアイスキャンディーを、海斗という生徒に見せる。

「海斗と一緒に食べようと思って」

にっと笑った瑞希の前で、海斗が「けっ」と顔をそむける。

「もしかしてあれか？　俺がこの前の大会で惨敗したから、慰めようとか思ってる？」

「惨敗なんかじゃないよ。三位だろ？　俺は最高で四位だったから、十分すごいよ」

「どこがすごいんだよ。あんなザコども相手に優勝できなくてどうするよ」

海斗はフェンスにかけてあったタオルを乱暴にひったくる。

「あんたがそんな弱気だから、俺がいつまでたっても優勝できねーんだろ！」

「あっ、もしかして俺のせい？」

「そう！　あんたのせいだ！」

偉そうに瑞希を指さしたあと、海斗は顔をそむけてつぶやいた。

「てか、こんな田舎で優勝したって、なんの自慢にもならねぇんだけど」

深くため息をついた海斗が、フェンスに寄りかかり座り込んだ。瑞希もその隣に座って、アイスを差し出す。

「まぁ、食おうよ。溶けちゃうから」

むすっとした顔の海斗が、瑞希の手からアイスを奪い、袋を開ける。そして取り出したソーダ味のアイスを、シャクッとかじった。

瑞希はその横顔を見つめたあと、自分の分のアイスをかじる。この水っぽいソーダ味も、あのころから変わらない。

誰もいないプールを眺めながら、ふたりでアイスを食べていると、空にポンポンッと音だけの花火が鳴り響いた。

「海斗は行かないの？　花火大会」

「行くかよ、あんなところ。くっだらねぇ」

海斗がふてくされた声で言う。そしてゆっくりと暮れていく空を見つめてつぶやく。

「つまんねぇな……」

プールの向こうに緑の山が見える。子どものころから見飽きた風景。

「俺、こんなつまんねぇ田舎町で、一生つまんねぇ人生送るんだろうな……」

「海斗はこの町から出ようとは思わないの？」

瑞希の声に、海斗が怒った顔で振り向く。

「出たくても出れねぇだろうが！　俺はこのくそつまんねぇ町で、親父の店を継ぐって、生まれたときから決められてるんだからさ！」

「でも海斗が本気で出たいと思ってるなら、人生は変えられると思うけど」

「無理だよ」

「無理じゃないよ。海斗は自信がないんだろ？　お父さんに本当の気持ちを伝えて、ひとりでやっていく自信が」

「う、うるせぇな」

海斗がふてくされたように、顔をそむける。瑞希はそんな海斗の横顔につぶやく。

「海斗はがんばってるよ」

そっぽを向いたままの海斗はなにも言わない。

「俺はちゃんとわかってるからさ」

「う、うるせぇんだよ！　だったらこんなアイス一本じゃなくて、もっと豪華な差し入れ持ってこい！　あんた水泳部顧問なんだろ！」

「じゃあ……」

こっちを向いた海斗の目を見つめ、瑞希は告げる。

「海斗にとっておきの秘密を教えてあげるよ」

「は？」

「とっておきの秘密だから、誰にも言うなよ？」

顔を近づけ、声をひそめて言ったら、海斗がごくんっと唾を飲んだ。

「なんだよ、それ。早く言え」

あきらかに興味を持っていることがバレバレな海斗に、瑞希はここで、かつての水泳部顧問に聞いた話を話した。

「あっははは」

最後まで聞き終わると、海斗がおかしそうに笑い出した。

「は？　タイムスリップ？　このプールに飛び込んで？　バッカじゃねぇの！」

笑い転げる海斗の隣で、瑞希が言う。

「いま聞いた話は、誰にも言っちゃだめだぞ？　みんなが遊び半分で過去を変えてしまったら、この世界がとんでもないことになるからな」

「じゃあなんで、俺なんかに話したんだよ」

「海斗はそんな馬鹿なことはしないと信じてるから」

一瞬笑うのをやめた海斗が、瑞希を見る。

「それに海斗は……なんとなく俺に似てるからさ」

「けっ。なんで俺があんたに似てるんだよ。てかそんな話、誰が信じるか！」

「信じなくてもいいよ」

瑞希は笑って海斗に言う。

「いつか、どうしても必要なときが来たら、この話を思い出してもらえれば」

黙って瑞希の顔を見つめた海斗が、ふんっと顔をそむける。そして「はずれ」のアイスの棒を瑞希に押しつけると、「ごちそうさん！」と言って立ち上がった。

「俺はもう帰るわ」

「ああ、お疲れ。また明日も泳ぐんだろ？」

「さぁ、気が向いたらな」

そう言いつつも、海斗はまた明日もここに来るだろう。もがきながら、苦しみながら、自分の居場所を探して。

青かった空が、いつしかオレンジ色に染まっていく。自分が食べたアイスの棒も「はずれ」だったことを確認して、瑞希も立ち上がった。

「おーい！　瑞希先生！」

顔を上げると、プールサイドの端から、海斗が叫んでいた。

「彼女が来てるぞ！」

海斗の隣にいたのは夏帆だった。

長い髪をアップにして、紺地に朝顔柄の浴衣を着ている。

「まったく、学校のプールをデートの待ち合わせ場所にするんじゃねーよ」

文句を言っている海斗を見て、夏帆がくすくす笑っている。

「お疲れさま、海斗くん」

「あざーす。これから先生と花火っすか？」

「うん」

「お幸せにー」

夏帆に軽く手を振って、海斗が帰っていく。その背中を見送りながら、瑞希は夏帆に駆け寄った。

「毎日がんばってるね、海斗くん」

夏帆が懐かしそうな表情を見せる。

「あの子、瑞希に似てるよね？」

「似てないよ。俺はあんなに口が悪くないし、生意気でもない」

そして少し考えてから、瑞希はつぶやく。

「でもなんか、放っておけないんだよなぁ……」

「がんばって、瑞希先生。応援してるよ」

夏帆が瑞希の肩をぽんっと叩く。瑞希はそんな夏帆に笑いかける。

「もうすぐ花火が始まるな」

「うん」

夏帆が瑞希の前でにっこり微笑む。

「今年も瑞希と一緒に花火が見られてよかった」

夏帆の声が胸に染みる。

「俺も……」

今年も夏帆の笑顔が見られてよかった。

「俺も、なに？」

「いや……なんでもない」

「なによー、言いかけておいて気持ち悪い！　ちゃんと最後まで言ってよ！」

「う、うるさいな。なんでもないんだよ！」

「あ、なんか隠してる！　ちゃんとはっきり言いなさーい！」

今年もこうやって夏帆とふざけ合えることが、本当に幸せだと思えるんだ。

薄暗くなった空に花火が打ち上がる。

揺らめくプールの水面にも、色とりどりの花火が映る。

空を見上げる夏帆の横顔が、明るく輝く。

自分の力で手に入れた今を、そしてこれからふたりで作り上げていく未来を、大切にしよう。

夏帆の隣で花火を見上げながら、瑞希はあらためてそう誓った。

あとがき

こんにちは。水瀬さらです。

ことのは文庫さまより、二冊目の本を出していただくことができました。

たくさんのみなさまのおかげです。本当にありがとうございました。

前作『君が、僕に教えてくれたこと』は、冬から春にかけての物語でしたが、今作は夏真っ只中のお話です。

「夏の話を書こう」と決めたとき、最初に浮かんだのが打ち上げ花火でした。

わたしの生まれ故郷の花火といえば、海で行われる海上花火大会です。

小さいころ、砂浜から見た迫力ある花火が今でも忘れられません。

夜空に打ち上がる花火はもちろん綺麗なのですが、色鮮やかに染まる海面もわたしは好きです。

お話を考えるうちに、舞台は海ではなくプールになりましたが、水面に映る花火をずっと頭に思い浮かべながら書いていました。

それに加え「過去に戻れたらいいのになぁ」という、誰もが一度は考えたことのある願望（後悔だらけのわたしはいつも思ってます）をプラスして、この物語が完成しました。

みなさんの心に残っている、それぞれの花火を思い出しながら、瑞希のひと夏の不思議な体験と成長を楽しんでいただけたら幸いです。


最後になりましたが、お礼を。

担当編集の佐藤さま。いつも大変お世話になっております。今回もとっても楽しく作品を作り上げることができました。ありがとうございます！

前作に続き、装画を担当してくださったフライさま。素敵な宝物が増えました。思わず見惚れてしまう魅力的なイラストを、本当にありがとうございます。

また、マイクロマガジン社のみなさまをはじめ、この本に関わってくださったすべてのみなさま。そして今、このあとがきを読んでくださっている読者さまに、心よりお礼申し上げます。

またいつか、お会いできますように。

二〇二三年七月　水瀬さら

ことのは文庫

水面の花火と君の嘘

2023年8月27日　初版発行

著者　水瀬さら

発行人　子安喜美子

編集　佐藤　理

印刷所　株式会社広済堂ネクスト

発行　株式会社マイクロマガジン社
URL：https://micromagazine.co.jp/
〒104-0041
東京都中央区新富1-3-7 ヨドコウビル
TEL.03-3206-1641 FAX.03-3551-1208（販売部）
TEL.03-3551-9563 FAX.03-3551-9565（編集部）

ISBN978-4-86716-457-0　C0193